종점에서 다시 걷다

종점에서 다시 걷다.

발 행 | 2020년 07월 10일
저 자 | 최윤봉
펴낸이 | 한건희
펴낸곳 | 주식회사 부크크
출판사등록 | 2014.07.15.(제2014-16호)
주 소 | 서울특별시 금천구 가산디지털1로 119 SK트윈타워 A동 305호
전 화 | 1670-8316
이메일 | info@bookk.co.kr

ISBN | 979-11-372-1166-7

www.bookk.co.kr

여행 에세이

다시 걷다
종점에서

들어가며

내 나이 56.

갑작스러운 결정이었다. 노후계획도 생각하지 못했다. 그저 이제 다시는 이렇게는 살아갈 수 없다는 결론이었다. 진급에 휘둘려 늘 긴장하며 다람쥐 쳇바퀴 돌 듯, 사무실 한편에 앉아 내 인생의 절반 이상을 월급쟁이로 살아가는 것도 더는 싫었다. 어떤 직함도 없이 오롯이 나로 다시 태어나고 싶었다. 그저 쉰여섯의 최윤봉이라는 자연인이 있을 따름이다.

처음에는 자유로웠다. 영원까지 자유로운 듯했다. 내 등 뒤에 매고 있던 무거운 짐을 벗어 던지고 나니 살 만한 듯했다. 떠밀리듯 살아온 삶에서 벗어나 드디어 오롯이 나만의 시간을 찾았으니까. 그러나 얼마 지나지 않아 다른 어떤 것이라도 해야 한다는 생각들이 내 가슴을 짓눌러오면서 이내 마음이 조급해졌다.

이제 앞서서 가는 사람도, 함께 가는 사람도, 뒤처진 사람도 없다. 오로지 허허벌판에 실오라기 하나 걸치지 않은 나신이 되어 나 홀로 외로이 그 길에 서 있을 뿐이었다. 이내 초조해지고, 그저 앞날이 막막해졌다. 대체 이 나이에 내가 다시 무엇을 할 수 있을까.

경비원, 택배 배달원, 참치 공장 직원. 아니, 내가 꼭 무엇이 되어야만 하는 것일까? 과연 내가 무엇을 해야만 하는 것일까? 라고 반문했다.

돌아오는 답은 공허했다.

그날도 마찬가지였다. 아내가 뭐라도 좀 해라고 닦달하는 잔소리를 뒤로하고 창고 방으로 들어가 문을 잠가 버렸다. 그러다 문득 오래전 사두었던 1986년 판 '김찬삼의 세계여행'이라는 책이 눈에 띄었다.

30년 전쯤, 아직도 해외여행이 자유롭지 않던 젊은 시절에 큰맘 먹고 사두었던 책이었다. 크게 맘먹고 샀을 때가 어제 같은데, 이제는 낡고 낡아서 헌책방에도 팔 수 없을 지경이 된 것이다. 치기 어린 젊은 날의 내가 다시금 우스워졌다. 걸어서 세계 일주라니. 정말이지 허망한 만화 같은 꿈 아니던가.

그러나 차마 버리지도 못하고 그저 곱게 모셔 둔 책을 들춰보고 있으니 문득 그런 생각이 들었다. 아무나 그 꿈을 꿀 수 있지만 그렇다고 아무나 실천하지 못하는 꿈. 어려웠던 시절, 막연하게 동경해오기만 했던 그 꿈을 바로 지금 이룰 수는 없는 것일까?

그렇게 여행을 결심하게 되자 아내와 친구들은 나를 한사코 말렸다. 남들처럼 풍족하고 여유로운 노후를 즐겨야 하지 않겠냐고. 대체 무엇하러 고생을 사서 하느냐고. 하지만 나는 이제는 남들처럼 그저 그렇게 늙어가고 싶지는 않았다.

남들과 같은 일상을 꿈꾸었고, 세 딸의 아버지이며, 나라의 녹을 먹으며 지난 36년간 철저하게 직업인이 되어 내 인생의 삼분의 이는 보내지 않았는가. 이제는 '남들처럼'이 아닌 '나처럼'살고 싶었다. 오롯이 내가 되고 싶었다.

그래, 그렇다면 어디든 일단 걷자. 또 걷고 걸어보자. 걸으면서 생각해 보자. 인생의 중심점에서 다시 걷고 걸어 나가 보자!

그 첫 한 발짝이 바로 2014년 가을, 해파랑길 종주였다.

강원도 고성의 통일전망대에서 시작하여 부산 오륙도에서 끝나는 해파랑길, 770km. 갓 태어난 쉰여섯의 나이기에 다시 인생의 전환기에서 다시 걷는 여행. 지금부터 천천히 그 이야기를 펼쳐보려 한다.

차 례

DAY 1 해파랑길의 첫걸음

2014. 10. 12. 일요일

날씨는 흐리다가 비가 조금 내리기도 한다

출발 날짜를 잡는데도 시간이 무척이나 걸렸다. 어느 날 가려고 하면 또 경조사가 겹치기도 하고, 계속 이렇게 다른 일들이 진을 치는 식이었다.

안 되겠다 싶어 결국은 10월 12일, 친구 아들 결혼식이 끝나고 바로 출발하기로 결단을 내렸다. 겨우 마음을 먹고 배낭에 이것저것 채워 넣고 있으니 이제는 아내가 더 야단법석이다. 고추장을 들고 가라느니, 멸치를 들고 가라느니. 나도 혹시나 하는 마음에 이것저것 채워 넣었더니 가방 무게가 엄청나다. 슬쩍 둘러메도 휘청거릴 정도다. 아이 업듯이 겨우 등에 업고 나서야 실감이 났다.

나의 걷기 여행이 이제 시작이라는 것을.

해파랑길은 부산 오륙도 전망대에서 시작하여 강원도 고성 통일전망대까지 걷는 770km가 바른 코스다. 그러나 나는 거꾸로 통일전망대에서 부산 오륙도 전망대까지 걷는 길을 택했다.

이유는 간단하다. 날씨가 가면서 추워질 것이고 그러면 방한복까지 챙겨야 하기 때문이다. 강원도에서 출발하여 천천히 걸어 내려오면 한 계절의 옷만으로 가능하므로 결정한 것이다. 결혼식에 부랴부랴 참석하고, 오후 3시 40분쯤이 돼서야 강원도 원주로 가는 강원여객 버스에 올랐다.

경남 마산, 남해안 바닷가에 사는 나로서는 강원도는 영 익숙하지 않은 곳이다. 그뿐만 아니라 내 차가 아닌 버스를 타고 강원도까지 가는 것은 50여 년 인생에서도 처음이었다.

마음이 싱숭생숭했다. 젊어서나 할 무모한 도전이라며 비웃던 친구의 말이 떠올랐다. 그러나 나는 그런 무모한 느낌에 내가 오히려 더 젊어진 것 같았다.

중앙고속도로를 타고 신나게 달리는데 칠곡을 조금 지나니 비가 조금씩 내리기 시작했다. 비바람이 몹시 심하다고 들어 조금 걱정이 되었는데, 군위를 지나니 비가 내리지 않는다. 하늘이 나의 종주를 도와주는 걸까. 저녁 7시쯤이 되어 원주 시외버스터미널에 도착했다.

그러나 정작 숙소를 찾으려 가격을 알아보니 만만한 금액이 아니었다. 그저 하룻밤 묵고 갈 텐데 비싼 방을 얻어서 무엇하리. 겨우 외관이 허름한 모텔을 구해 가격을 물으니 4만 원이라고 하여 돈을 내고 배낭을 내려놓았다.

대충 손발만 씻고 저녁 먹을 생각으로 터미널 주변에 둘러보니 혼자 먹기에 적당한 곳이 없었다. 항상 가족 5인분을 생각하다 1인분만 찾아야 하니 그것 또한 일이다.

원주 보쌈집에 들어가 메뉴를 보니 오호라, 다행히도 혼자 먹어도 가능한 해물 순두부찌개가 눈에 쏘~옥 들어온다. 조금 짜지만, 꽤 얼큰하고 개운하니 맛이 좋다. 시장이 반찬이라 했던가, 게눈 감추듯이 먹고 나와서 주변을 산책 겸해서 둘러보고 9시경에 숙소로 돌아왔다.

▲ 다양한 모습의 해파랑길 표지판

침대에 누워 내일 가게 될 코스를 머릿속으로 대략 그려봤다. 내일은 새벽 5시 40분에 출발하는 속초행 버스를 타게 되면 대략 7시 반에서 8시경에 속초 터미널에 도착하게 될 것이다. 부근에서 아침을 먹고 통일전망대를 다녀와서 4시간 정도 해파랑길을 걸을 생각이다.

그런데 휴대전화를 보니 태풍 '봉퐁'이 북상하고 있다고 한다. 비바람을 헤치고 걸을 것을 생각하니 벌써 걱정이 앞섰다. 처음부터 난관에 부닥치는 기분이 들었다. 과연 나는 해파랑길 종주로 내 첫 출발을 할 수 있을까.

복잡한 기분에 휩싸여 이리저리 잠을 설치다가 11시쯤 잠자리에 들었다.

DAY 2 통일전망대 가는 길

2014. 10. 13. 월요일
날씨는 흐리다가 19호 태풍
'봉퐁'의 영향으로 비바람이 몰아쳤다

새벽 5시에 일어나서 배낭을 챙겨서 원주 시외버스 터미널로 향했다. 버스는 금강고속 버스로 횡성, 홍천, 인제, 백담사, 미시령을 거쳤다. 약 2시간 반이 지난 8시가 되어서야 속초 시외버스 터미널에 도착했다. 인제에 도착하니 비가 조금씩 내리기 시작하더니 미시령을 넘어서니 비가 멈췄다. 하늘이 날 돕는 것일까. 어젯밤 걱정에 잠을 못 자던 내가 무안해질 정도였다.

일단, 통일전망대부터 가보자는 생각에 속초 터미널에서 표를 팔고 있는 직원에게 길을 물었다. 통일전망대로 가는 버스가 버스 터미널 앞에 있다는 것이다.

터미널 앞이라. 도대체 터미널 앞 어디에서 탄단 말인가.

허기진 배를 달래느라 황태해장국을 먹었다. 해장국을 먹으면서 식당 아주머니에게 다시 통일전망대행 버스에 관해 물었다. 그러니 자주 듣는 얘기인 듯, 식당 앞 시내버스 정류소에서 1번이나 1-1번을 타면 갈 수 있다며 친절히 답해주셨다.

그러고 보니 바로 앞에 시내버스 정류소가 보였다. 배낭을 내려놓고 버스를 기다리는 동안 비가 한 방울씩 내리더니 점점 굵어지기 시작한다. 조금 기다리고 있으니 1-1번 시내버스가 도착하여 얼른 제일 뒷자리에 올라탔다. 차창 안으로 빗방울이 조금씩 들이닥치고 있었다. 그때 저 멀리서 해파랑길 안내표지가 눈에 띄었다.

조금 있으면 내가 저 해파랑길을 걷겠구나, 하는 생각에 벌써 마음이 뿌듯해져 왔다.

속초 시내를 벗어날 무렵에는 60대 아저씨 두 분이 탔다. 화진포에서 내려 산소길을 걸을 예정이라고 하였다. 나는 통일전망대에서 부산 오륙도까지 걸어갈 계획이라고 말했다. 같이 걷는 여행자로서 괜한 동질감이 들었다. 서로 성공하자고 파이팅을 외친 뒤에 헤어져서 대진항 종점에 도착했다.

도착하고 나니 비바람이 무척 심하게 몰아치고 있다. 통일전망대에 가는 것은 고사하고 빨리 숙소부터 잡아야 할 판이었다. 세상에, 걷기는커녕 이틀째 숙소만 잡고 있다니. 금세 마음이 조급해졌다.

통일전망대 출입신고소 바로 밑에 있는 민박에 전화를 하니 전화를 받지 않는다. 속이 타들어 가는 중에 마지막으로 전화한 민박집에서 전화를 받는다. 민박집이란 여행객들이 모이는 장소로 정보가 넘쳐난다. 싸고 좋은 집을 늦게나마 찾아서 다행이다.

여기가 어디인가. 남과 북이 제일 근접한 곳이 아닌가. 12시경, 점심이나 먹을까 하고 밖으로 나오니 비가 또 내리지 않는다. 어쩔까 싶어 망설이다가 그제야 이곳에 온 목적이 생각났다. 통일전망대, 나는 이곳을 걷기 위해 온 것이 아닌가. 그런데 고무신에 우산을 들고서 이렇게 헤매고 있다니. 얼른 통일전망대 출입신고소로 가서 신고부터 하고서는 직원에게 물었다.

▲ 통일전망대

"걸어서 통일전망대에 갈 수 있나요?"

"차량으로 가야지 걸어서는 갈 수 없어요."

"그럼 어떻게 가야 합니까?"

"글쎄요. 평소에는 관광버스가 많이 오니까 공짜로 같이 다녀올 수 있겠지만, 오늘은 태풍 때문인지 관광버스가 1대도 보이지 않는걸요."

직원의 표정이 떨떠름해졌다. 직원의 말에 하늘을 보자 보통 하늘이 아니다. 곧 조금만 있어도 비바람이 몰아칠 것 같다. 난처해졌다. 다른 방법은 없느냐고 물었더니 택시를 타고 다녀오는 수밖에 없지만, 그마

▲ 손에 잡힐 듯한 금강산 해금강의 모습

저도 힘들 것 같다고 한다.

그러나 태풍이 온다고 한들, 통일전망대를 목전에 두고 돌아갈 수는 없었다. 어쩔 수 없이 택시를 잡아타고 제진 검문소를 거쳐서 통일전망대로 향했다. 부디, 통일전망대를 오늘 볼 수 있기를!

그렇게 DMZ 박물관을 지나 약 20분간 달리니 통일전망대가 나온다. 다행이다. 일정대로 통일전망대를 갈 수 있는 모양이다. 얼른 내려 전망대로 들어섰는데, 점점 발걸음이 무거워졌다.

그저 해파랑길 종주를 위해 왔건만 남북분단의 현실을 직접 보게 되자 나도 모르게 숙연해진 것이다. 저 얼어붙은 동토의 땅에 사는 이들도 우리와 같은 한민족일 텐데…. 그런 생각을 하니 묘한 느낌이 들었다.

언젠가 통일이 되면 북한 땅도 종주할 수 있을까. 한반도의 등줄기인 백두대간도 갈 수 있을까. 온갖 생각이 들었다. 바다의 금강이라 불리는 해금강을 바라다봤다. 손만 닿으면 갈 수 있을 곳인데 이렇게 바라만 봐야 한다니. 안타까움을 감출 수 없었다.

그렇게 가까스로 통일전망대를 관람하고 나와, DMZ 박물관도 가려고 했다. 그러나 박물관은 아쉽게도 월요일이라 휴관이었다.

게다가 제진 검문소에서는 해파랑길의 마지막 구간인 49, 50구간 안내 표지판을 촬영하려고 내리니 군인들이 제지하기까지 했다. 아무거나 찍으면 안 된다며 촬영하는 옆에서 꼭 붙어 있기까지 했다. 나는 속으로 '쳇, 뭐 찍을 거나 있다고….'라고 하면서 사진을 찍었다.

돌아오는 길에는 슈퍼마켓에서 라면 4개를 사서 오늘 저녁과 내일 아침을 준비했다. 그리고 출입신고소 앞 식당으로 점심을 먹으러 갔는데, 이번에는 여기도 월요일이라 쉰단다. 참 나 원, 일이 꼬여도 한참 꼬인다. 애써 내일은 잘 풀리기를 기도하며 숙소로 돌아갔다.

숙소에 오니 감사하게도 주인아주머니가 라면이랑 같이 먹으라고 밥 한 공기와 김치를 주신다. 라면과 함께 맛있게 먹고, 남은 밥과 김치는 내일 아침에 먹기로 했다. 아마 내일 점심과 저녁도 라면으로 때워야 할 것 같다. 내일은 28.2km인 48코스와 49코스를 걷고, 가진항에서 자기로 하고 잠자리에 들었다.

[오늘 걸은 코스]

50코스 통일전망대에서 통일안보 공원까지 11.7km(명파 초교, 제진 검문소, DMZ 박물관)

DAY 3 아름다운 동해의 첫 일출

2014. 10. 14. 화요일

아침에는 흐리다가 낮부터는 맑아졌으며

바람은 없으나 파도는 매우 높았다

어제까지는 걷기 위한 준비 기간이었다면 오늘부터가 본격적인 해파랑길 걷기가 시작되는 날이다. 아침 일찍 일어나서 오전에 7~80% 이상을 걷고, 오후에는 2~30% 정도로 가볍게 걸어서 최소한 오후 4시 이전에는 숙소를 정하기로 마음먹은 참이었다.

어린 시절 소풍 가는 날 마냥 잠도 설치고 새벽 5시에 일어나 난장을 마쳤다. 아직 해가 뜨기도 전인 6시 15분에 숙소를 나섰다. 막상 숙소를 나서서 걸으려니 두려움과 외로움이 왈칵 밀려왔다. 혼자서 오롯이 이 길을 걸어야 하기에. 하지만 인생은 어차피 혼자가 아니던가, 모든 것을 긍정적으로 즐기면서 걷자고 생각하니 마음이 한결 편안해졌다.

민박집을 나서자, 황홀한 일출이 나를 반겼다. 오렌지 빛과 흡사한 황금빛이 감도는 묘한 색의 태양이었다. 여태껏 보지 못한 아름다운 태양이다. 태양이 짙은 구름 사이로 얼굴을 내밀었다. 해가 그냥 쓰윽 하고 내밀었으면 밋밋했을 텐데 말이다.

한참을 멍하니 보고 있자니 태양이 부끄러운지 얼굴을 내밀다가 이내 구름 사이로 숨어버리고 다시 반쯤 얼굴을 내밀고 하기를 반복한다. 해파랑길 종주에서 처음 맞이하는 아침 해라서 그런지 매일 보던 해인데

▲ 대진항에서 본 동해의 아름다운 첫 일출

도 괜히 기분이 묘하다.

오늘은 마차진해변을 출발하여 금강산콘도, 대진등대, 대진항, 초도항, 화진포, 응봉(산소길), 거진항, 반암해변, 동호리, 가진항에서 마무리하는 것으로 하고 출발했다.

마차진해변에서 조금 걷다 보니 어느새 대진등대를 짊어진 대진항에 도착한다, 대진항에는 엄청난 파도가 몰아친다. 태풍의 영향인 듯싶다. 대진항을 지나 초도해변으로 가는 길에는 바람은 별로 불지 않는데도 파도가 해안 길까지 넘어온다. 무시무시한 파도가 길까지 넘실거리니 가던 길을 멈칫거리며 주춤거린다.

한참을 멍하니 보고 있자니 태양이 부끄러운지 얼굴을 내밀다가 이내

▲ 대진항의 아름다운 풍경

구름 사이로 숨어버리고 다시 반쯤 얼굴을 내밀기를 반복한다. 해파랑 길 종주에서 처음 맞이하는 아침 해라서 그런 걸까? 매일 보던 해인데도 괜히 기분이 묘하다.

초도해변과 초도항을 지나니 곧이어 화진포 해수욕장에 도착했다. 철 지난 해수욕장이 쓸쓸하기도 했지만, 한편으로는 고즈넉한 것이 혼자서 즐기기엔 더없이 좋았다. 해수욕장 구석에는 화진포 해양박물관이 배 모양으로 자리 잡고 있었다. 들어가 보고 싶었지만, 너무 이른 시간이라 아직 개장하지 않은 듯싶었다. 아쉽게도 내부는 들어가지 못하고 외부만 보고 지나치게 되었다.

화진포 해맞이 산소길은 나지막한 산길을 걸어 거진항까지 가는 길이다. 왼쪽으로 바다를 끼고 가는 산길로 아름답고 걷기엔 최적의 산길이다. 좀 지나니 석호(강원도에는 바다가 메워져서 생기는 석호가 많다)인 화진포 호수가 눈에 들어왔다. 화진포 호수 변에는 격동의 시절을 알 수 있는 곳이 서너 곳이 있다. 이승만 전 대통령과 이기붕 전 부통령 그리고 북한의 전 주석이던 김일성 별장이 자리하고 있다. 어떻게 남북한의 주요 인물들의 별장이 한곳에 모여 있는 것일까. 김일성 별장은 화진포의 성이라고도 불렸다. 응봉으로 오르는 입구에 있는 김일성 별장은 마치 철옹성처럼 만들어놓아 성이라고 부르는 것 같았다. 한국전쟁이 일어나기 전에 이곳은 북한 땅이었을 당시 별장을 지어 김일성 가족들의 휴양지로 사용했다고 한다.

정상은 매가 앉은 형상을 하고 있다 하여 붙여진 응봉(鷹峰. 122m)이 자리 잡고 있다. 정상에서 바라본 화진포는 너무 맑고 아름다웠다. 푸르고 맑은 동해도 한눈에 들어온다. 응봉을 지나 조금 걸으니 이내 포장된 길이 나오는 것이 아쉬울 따름이다. 포장된 길은 걷기도 힘들거니와 무릎에도 많은 부담이 되기 때문이다.

거진항이 거의 다 되어 갈 무렵, 십이지상(十二支像)으로 꾸며진 공원이 보였다. 십이지상과 휴식공간이 있어 물도 마시고 좀 쉬어가기로 했다. 그렇게 거진항에 도착하니 태풍으로 출항을 못 한 탓인지 수산시장은 조용하다. 어부는 어구(漁具, 그물, 통발 등)를 손질하는 손길이 바쁘다. 어부에게 무안한 나머지 말도 건네 보지 못했다. 태풍으로 출항을 못 하니 고기는 볼 것도 없다. 30여 분을 걸으니 다리가 아프고 피곤이 밀려온다. 빠른 걸음으로 거진항을 빠져나왔다.

첫날인데도 슬슬 지겨워졌다. 인적이 드문 곳이라 더욱더 그렇다. 한적

한 곳이라 반암해변에 도착하여 점심을 먹으려 했다. 그러나 반암마을에 도착하여도 식당은커녕 구멍가게도 보이지 않는다. 곧 식당이 나오겠지. 가게가 나오겠지. 하면서 스스로 희망 고문을 하는 마음으로 계속 걸었다. 그러나 어디에도 가게나 식당이 전혀 보이지 않는 것이었다.

지친 몸으로 약 2시간을 걷다 보니 마산 해안교 근처의 송강 정철정(松江 鄭澈亭)이라는 정자가 눈에 보인다. 쉬어가기로 했다. 결국은 비상식량으로 간단하게 요기하는 수밖에 없었다.

먹으면서 보니 빨간 자전거 인증 스탬프 찍는 곳이 보였다. 자전거를 타고 왔으면 스탬프를 찍었겠다, 싶어서 구경하고 왔다. 눈앞에는 자전거도로와 해파랑길 그리고 관동별곡8백리길과 평화누리길이, 중간에는 화진포 산소길까지 겹쳐서 펼쳐져 있었다. 하나의 길이 걷는 이의 목적에 따라 길의 이름이 달라진다니 신기했다. 이곳은 농부들이 이용하면 농로가 될 것이고, 군인들이 이용하면 작전도로가 될 것이다.

마산 해안교를 지나 돌아 나오니 철교를 개조하여 걸을 수 있는 도로를 만들어놓았다. 이름하여 북천 철교(北川鐵橋)다. 1930년경 일제가 강원도 북부지역을 수탈할 목적으로 건설했다는 슬픈 역사의 현장이기도 하다.

북천 철교를 지나 동호 1리와 동호 2리를 지나도 아예 식당도 가게도 없다. 또 어디까지 걸어야 먹을 것을 찾을 수 있을는지. 향목리에 도착하여도 식당은 여전히 보이지 않았다. 어쩔 수 없이 계속 걸었다.

향목리에서 논길을 지나 가진항 입구에 도착하니 펜션이 몇 군데 보인다. 자그마한 고개를 넘으면 바로 가진항일 테니 식당도 있고 숙소도 있을 것이라며 굳게 믿고 무거운 발걸음을 내디뎠다. 그러자 얼마 지나

▲ 분단의 아픔을 간직한 녹슨 철조망 사이로 바라본 공현진해변

지 않아 드디어 횟집 단지가 눈에 들어온다. 신이시여, 감사합니다!

시간은 벌써 2시가 넘어가고 있다. 뱃속에서는 점심시간이 훨씬 지났다고 알람이 울렸다. 얼른 횟집 단지에서 제일 가까운 횟집으로 들어갔다. 물회 1인분만 주문하니, 2인분만 판단다. 배가 등에 붙었으니 앞뒤 잴 것도 없이 "그러면 2인분으로 주세요."하고는 주인장은 나그네의 배고픈 사연을 듣고 나서는 가엽게 여겼는지 국수사리 1인분을 추가로 주었다. 특별한 1인분이라며 푸짐하게 한 상 내놓아 주시는 것이다. 넉넉한 강원도 인심에 감동하고, 꿀맛 같은 물회 맛에 또 한 번 감동하고 말았다.

정신없이 회에 국수를 비벼 먹고 나니 정신이 조금은 들었다. 마지막 남은 국수사리를 말아먹고 나니 아주머니는 물병에 물을 가득 채워 줬다. 혹시 근처에 묵을만한 숙소가 있는지 물어봤다.

"여기는 없고 고개를 넘어가야 해요."
"왔던 길인데 돌아가기는 싫어서요. 숙소가 있을 만한 동네가 근처에 없을까요?"
"약 20분 정도 걸으면 공현진이라는 동네가 있는데 거기는 해수욕장도 있고 해서 숙소가 있을 거예요."

다행이다. 이제 마지막 피치를 올려 공현진을 향해 출발!!!
배가 든든하니 그래도 발걸음이 가볍다. '금강산도 식후경'이라는 말이 오늘따라 가슴에 깊이 와 닿는다. 기초적인 만고의 진리를 뼈저리게 느낀 하루다. 한참을 가다 보니 공현진에 드디어 도착했다.
공현진에 도착해 제법 깔끔해 보이는 펜션에 전화했더니 혼자서 묵기에는 비싸다고 다른 집을 알아보란다. 요즘 시대에 양심이 있는 사장님이다. 여차하면 그냥 방을 내줄 텐데 말이다.
하는 수 없이 나와서 다른 집을 찾았다. 혼자니 작은 방에 2만 5천 원에 가능하다고 하여 바로 찾아갔다. 대박이었다. 상호도 '대박 민박'이었다. 1층은 식당이고 2층부터는 민박을 하고 있었다.
밀린 빨래를 씻어서 널어놓고 내일 아침 걱정에 빵이나 라면이라도 몇 개 사다 놓을 요량으로 동네를 한 바퀴 돌았다.
구멍가게를 겨우 찾아갔더니 빵도 우유도 없었다. 할머니 혼자서 운영하는 곳이었데, 그야말로 조그마한 구멍가게였다. 파는 것이라고는 초코파이밖에 없고 그나마 우유도 유통기간이 지난 지 오래였다. 하는 수 없이 초코파이와 물만 사서 숙소로 돌아왔다.

식당에서 저녁으로 된장찌개를 먹으면서 아침 걱정을 하고 있으니 주인아주머니가 낼 새벽 6시에 아침이 된단다. 괜히 걱정했다. 내일을 위하여 11시에 잠이 들었다.

[오늘 걸은 코스]

49코스 통일안보 공원에서 거진항까지 11.8km(역사안보전시관, 화진포, 초도항, 대진등대, 금강산콘도, 마차진 해수욕장)

48코스 거진항에서 가진항까지 16.4km(반암해수욕장, 동호리, 향목리, 가진해수욕장)

47코스 공현진항에서 삼포해변까지 9.7km(왕곡전통마을, 송지호, 철새 관망타워) 중 가진항에서 공현진항까지 1.5km를 포함 전체 29.7km

DAY 4 동해안의 보석 같은 풍경

2014.10.15. 수요일

날씨는 아주 맑음

공현진항에 있는 민박집인 대박 민박을 이용한 덕분에, 아침은 다행히 된장국으로 따뜻하게 먹을 수 있었다. 며칠 내내 대충 아침을 때운 것을 생각하면 정말이지 임금님 수라상이 따로 없는 것 같았다.

6시 45분에 출발하여 공현진1리 해수욕장을 지나자 해변의 소나무 사이로 아침 햇살이 살갑게 맞이한다. 나는 동해의 일출은 모두 같은 줄 알았다. 그런데 매일 그 모습을 달리한다는 것을 새삼 깨달았다.

동해의 아침 해를 뒤로 두고 열심히 걸으니, 곧 왕곡전통마을에 도착한다. 왕곡마을 입구에는 저잣거리가 조성되어 있었는데 말 그대로 주막거리다. 막걸리 한 잔에 피로를 풀어 봐도 좋겠는데 아쉽다. 하지만 아침 7시 10분경에 도착한 관계로 저잣거리의 가게들은 모두 문이 닫혀 있어 아쉬웠다.

자그마한 고개에 다다르자 왕곡전통마을을 알리는 장승과 입구를 표시하는 대문 등이 보였다. 고성 왕곡(高城 旺谷)마을은 조선 후기(18~19세기)부터 즉 50~180년 정도 된 한옥들이 모여 있는 곳으로 강원도 고성군 죽왕면 오봉 1리에 있는 전통마을이다.

평소에 가보고 싶은 곳이었는데 이렇게 들르게 되니 참으로 뜻깊었다. 게다가 아침 햇살을 받은 왕곡전통마을이라니, 이렇게 걷지 않았다면

▲ 정겨운 고향 같은 왕곡전통마을의 풍경

못 봤을 풍경이었다.

중앙의 개울을 따라 이어져 있는 마을은 산을 등지고 있는 배산임수의 지형으로 따뜻하고 아늑하게 보였다. 산 안쪽에는 집들이 자연스럽게 자리 잡고 있었으며, 저 멀리 한옥과 초가가 한데 어우러져 일부는 황금빛으로 일부는 은빛으로 아름답게 빛나고 있었다. 그런 집과 집 사이에는 널따란 텃밭들이 늘어서 있었다.

그중 몇 채에서는 벌써 아침밥 짓는 연기가 모락모락 피어나고 있었다. 오랜만에 보는 옛 마을의 정취에 절로 가슴이 푸근해졌다. 고소한 밥 냄새가 코로 전해지는 듯 아주 정겨운 고향 같은 곳이었다. 두고 온 고향 생각에 잠시 추억에 젖어 발걸음이 느려졌다.

▲ 그림같이 아름다운 송지호

그렇게 왕곡마을을 지나 송지호로 가는 길에 하늘을 바라봤다. 구름 한 점 없는 청명한 가을 하늘이다. 얼마 전 태풍이 불더니 언제 비가 오고 바람이 불었냐는 듯 고요하고 맑기만 하다. 어제는 태양이 부끄러운지 구름 뒤로 숨었다가 또 나왔다가 얼굴이 붉어졌다가 하더니 오늘은 아에 대놓고 내리쬐는 것이 너무 따가워서 얼굴이 빨갛게 익어버릴 지경이다. 참 날씨가 변덕스럽다. 그래도 비가 내려서 못 걷는 것보다는 백번 낫다는 심정으로 천천히 걸어본다.

7번 국도를 따라 송지호로 가는 길은 소나무 숲길로 아늑하고 포근한 느낌이다. 아침 숲길에는 산새가 아름답게 노래하고 있었다. 주위는 맑고 조용했다. 이것이 바로 요즘 말하는 힐링이 아닌가 싶다.

▲ 송지호에서 잠시 휴식 중인 필자

길가에는 솔방울이 떨어져서 수북하게 쌓여 있다. 바닥에 모아 발로 지압을 해보니 딱딱하지도 않고 약간 말랑한 것이 아주 재미있고 부담도 되지 않았다. 그렇게 걷다 보니 피로도 함께 물러가는 것 같아 정말 좋았다. 아무래도 어제는 화진포 산소길에서, 오늘은 송지호의 산소길에서 힐링하고 가는 것 같다.

송지호(松池湖)는 강원도 고성군 죽왕면 오봉리 일대에 있는 석호다. 송지호는 동해안의 청정한 바닷물을 가두어 만들어졌고, 둘레가 4㎞에 달할 뿐만 아니라 그 맑기가 거울과도 같다. 맑은 호수와 푸른 숲, 그리고 산새 소리와 바람 소리가 어우러지니 이 어찌 좋지 않을 수 있을까. 송지호를 보고 있자니 입이 절로 흥얼거렸다.

송지호 맑은 물결이 일렁이면 / 내 마음도 일렁이고 / 혼탁한 내 마음을 씻어 버리고,

송지호 푸른 숲이 짙어지면 / 내 생각도 더욱 깊어지고 / 속세에 찌든 생각을 비워 버리고,

푸른 하늘에 구름이 걷히면 / 내 마음의 먹구름도 함께 날아가 버리듯이 / 온갖 잡념과 시름을 날려버리고 간다.

새소리 / 바람 소리 / 물소리에 / 세상의 시름을 / 송지호의 잔물결에 띄워 보낸다.

송지호를 지나고 나니 곧 강원도 심층수 공장이 보였다. 이어 동해와 어우러진 죽도가 눈에 띄었다. 죽도(竹島)는 대나무가 많아서 죽도라고 하는데, 이 대나무는 곧고 야물어서 화살의 대로 쓰였다고 한다. 푸른 동해의 바다와 하늘이 죽도와 함께 어우러져 한 폭의 그림을 만들어낸다.

송지호 해수욕장과 봉수대해수욕장을 지나서 삼포해변까지는 바다를 따라 걷는 길이다. 걸으면 걸을수록 바다와 어우러진 아름다운 백사장이 끝도 없이 이어졌다. 취한 듯이 해변을 따라 천천히 걸었다. 정말이지 자연이 만든 환상적인 풍경이었다.

삼포해변에 도착한 뒤에는 잠시 휴식을 취했다. 신발을 벗어두고 쉬니, 발도 시원한 것이 천국이 따로 없었다.

그렇게 다시 힘을 내어 도로를 따라 걷기로 했다. 그런데 태풍 탓에 모래가 도로까지 침범하여 걷는 것이 무척이나 힘들었다. 태풍 때 파도

에 밀려온 모래인 것 같았다.

그 때문인지 자작도 해변에서는 대형버스가 해수욕장의 모래밭에 빠져 난리가 났다. 버스를 개조하여 만든 캠핑카가 백사장까지 가서 밤을 보내다가 일이 터진 모양이었다. 분명 휴식을 찾아 동해를 찾았을 캠핑카일 텐데, 난데없는 고생을 하는 것 같았다. 견인차가 와 끌어당겨 보지만 신통찮아 보였다. 작은 자동차도 백사장에 가면 빠질 텐데, 저렇게 큰 버스가 백사장으로 갔으니 문제가 생기는 것은 당연하지 않을까. 안타까웠지만 다시 발걸음을 옮겼다.

자작도 해수욕장을 지나 문암리 유적지에 도착했다. 고성 죽왕면 문암리 유적지는 신석기시대 유적 중 가장 북쪽에 있고 부근에는 철기시대 초기의 유적이 분포되어 있어 여러 시기에 걸쳐 형성된 유적으로 추정된다.

이 지역에서는 유물 포함층과 신석기시대 문화층이 퇴적되어 있음이 확인되었다고 한다. 주거지와 불을 지폈던 야외 노지(爐址), 결합식(結合式) 낚싯바늘 등 100여 점의 토기·석기 등 발굴되었다고 한다.

호기심이 생겨 들어가 보고 싶었지만, 아직 발굴 중인지 보호막까지 처져 있어서 입장할 수가 없었다. 아쉬움을 뒤로 하고 길을 떠난다. 왼쪽으로는 문암리 유적지이고 오른쪽으로는 멀리 설악산 울산바위가 한눈에 들어온다.

문암리 유적지를 지나서 만나는 곳이 백도항이다. 백도항은 아담하고 예쁜 모습으로 다가온다. 태풍 덕분인지 자그마한 어선들이 옹기종기 모여있는 모습이 무척이나 정겹다. 백도해수욕장, 문암해변을 지나 교암리 해수욕장을 지나고 나니 곧바로 천학정(天鶴亭)에 도착한다. 며칠째 바다를 따라 걸으니 항구도 해수욕장도 다 비슷비슷한 것만 같다.

천학정(天鶴亭)은 강원도 고성군 토성면 교암리 마을 앞 조그만 산의 가파른 해안 절벽 위에 자리 잡고 있다. 80여 년 전, 지방 유지들이 뜻을 모아 팔작지붕의 벽이 없는 단층 건물로 만들었다고 한다.

남쪽으로 청간정(淸澗亭)과 백도가 바라다보이고 북으로는 능파대(凌波臺)가 가까이 있다. 주위에는 100년이 넘은 소나무가 자리 잡고 있어 옛 정취를 느끼게 해주며 아름다운 일출로 유명한 장소이다.

천학정은 고성 8경 중 하나이다. 그 절경이 유명하다지만 그다지 가슴에 와닿지 않았다. 정자는 근대에 와서 건립된 것 같아 더욱더 아쉬움이 컸다. 하지만, 지친 나그네의 등줄기에 흐르는 땀 한 방울을 식히는 데는 더없이 좋았다. 천학정에서 잠시 땀을 식히고 언덕배기에 올라 동해를 보니 너무도 절경이다.

아야진해변을 가기 전에 조그마한 늪지대를 지나니 청둥오리 떼가 반갑게 맞이한다. 아야진해수욕장은 다른 곳에 비해 제법 큰 것 같다.

오랜 시간을 걷다 보니, 발에 물집이 잡혔다. 대수롭지 않게 넘기다 약국을 보는 순간 아파지는 이것은 무엇인가. 반가운 마음으로 약국에 들어가 밴드를 사려니, 약사 아저씨는 "걸어오시는가 보지요. 물집에 붙이려고 그러지요?"라고 한다.

해파랑길 여행자들이 자주 들르는 모양이었다. 신기했다. 그러나 약사 아저씨는 나를 더 신기해하는 눈치였다. 여행자들은 보통 짝을 지어 다니는데 나 혼자 여행을 다니는 게 영 신기한 모양이었다. 그러나 여럿이 다니면 의견 충돌이 생겨서 혼자 다니는 게 차라리 속이 편하다는 걸 저 약사 아저씨는 알고 있을까. 약국에서 앉아서 밴드를 붙인 후 이

▲ 청간정에서 본 아름다운 동해

내 출발했다.

조금 가자니 청간해변이 나타났다. 청간해변을 지나자 철조망과 해안을 가로지르는 길이 나왔다. 여태껏 철조망 너머로 바다를 보고 왔다. 이상하게도 여기는 철조망 밖으로 걷게 되어있어 순간 잠시 멈칫했다. 다시 보니, '철조망 안쪽이 군부대라 철조망 밖으로 안내를 하는구나.'라는 생각이 들었다.

청간정(淸澗亭)은 강원도 고성군 토성면 청간리에 있는 정자로 강원 유형문화재 제32호로 관동 8경(關東八景) 중 하나이다. 설악산에서 흘러내리는 청간천과 바다가 만나는 지점의 작은 구릉 위에 있으며, 이곳에서 바라보는 동해안의 풍경은 무엇이라 표현하기 힘든 일품이다. 특히 아침의 해돋이 광경과 낙조(落照)의 정취는 예로부터 많은 문인·묵객의 심금을 울렸다고 한다.

청간정 난간에서 본 동해는 정말이지 한 폭의 그림이었다. 황홀한 경치에 취해 앉아있자니 배가 고파져서 어제 공현진 슈퍼에서 아침 대용으로 산 초코파이를 먹었다. 비록 소박하고 보잘것없는 초코파이 한 개였지만 놀라운 절경과 내 여유 있는 마음이 더해지니 그 어느 것 부족함 없는 식사 시간이었다.

그러고 나니 아까부터 따끔거리던 발바닥의 물집이 그제야 느껴졌다. 약국에서 산 밴드를 붙이니 그래도 수월한 편이었지만 발걸음이 그다지 편치는 못했다. 그러나 아직 걷기 시작한 지 이틀밖에 되지 않았는데 벌써 발걸음이 느려질 수는 없었다. 힘을 내서 걷는 수밖에.

주변의 경치를 느긋하게 감상하고선 여유롭게 내려섰다. 그런데 휴게소가 바로 앞에 있었다. 아이쿠! 이곳에 있을 줄 알았으면 여기서 먹는 것이었는데. 어쩌랴, 지나간 일을……. 조금 전까지 절경과 함께 초코파이를 먹던 나는 휴게소를 보며 후회하며 걷는다. 참 웃긴 일이다. 개울을 건너 천천히 또 걸음을 재촉했다.

혼자서 걷기 시작한 것은 오늘로 2일째였다. 그런데도 벌써 외로웠다. 가족들이 그리워지기 시작했다. 하지만 맑은 물이 흘러가는 소리, 아름다운 새소리가 귓전을 맴돌고, 시원한 바람이 이마에 맺힌 땀방울을 씻어 내리면 어느새 피곤한지도 외로운지도 잊어버릴 수 있었다. 아름다운 풍경과 자연을 벗 삼아 걷노라면 이내 기분이 상쾌해졌다.

그렇게 걸으면서도 나는 대체 왜 이렇게 고통스러운 길을 외롭게 걷는지를 한참 생각해 보았다. 결론은 쉬이 나지 않았다. 하지만, 이 아름다운 자연과 하나가 되어 해파랑길을 걷고 있다는 것만이 사실로 다가올 뿐이었다.

곧이어 천진 해수욕장에 도착했다. 바닷가 근처로만 걷다 보니 이제 벌써 바다가 지겹기도 했다. 그 바다가 그 바다인 것 같았다. 봉포해변을 지날 때는 왼 발바닥의 물집이 점차 아려져서 중간에 잠시 쉬었다가 다시 걸었다. 켄싱턴리조트 설악비치를 지날 때는 덱이 설치되어 있어 걷는 데 많은 도움이 되었다. 그러나 곧 도로로 걷다가 해변으로 걷다가를 반복했다.

오후 1시 30분경에 고성군에서 속초시로 진입하여 버리깨길로 걸었다. 다시 중앙로로 나와 장사항을 지나 계속 걷다 보니 장사항해변으로 다시 들어갔다. 고성까지는 해파랑길과 표지판이 잘 정비되어 있어 여행자에게 많은 도움을 주었었다.

그러나 속초에서는 장사항 입구 표지판을 보고 난 뒤로 표지판이 좀체 보이지 않았다. 장사항에서 영랑호로 넘어가는 길조차 당최 보이질 않아 힘들었다. 포장도로를 걷는 것은 매우 힘들고 괴로운 일이다. 자꾸만 잡생각이 들기 시작한다. 좋은 풍경과 좋은 길을 걸을 때는 즐거운 마음으로 걸었는데 쭉 뻗은 도로와 포장된 도로는 지겹고 힘든 구간이다. 본격적으로 걷기 시작한 2일째 되는 날이기도 하다. 점점 지겨워지고 힘들어지는 시간인 것 같다. 바닷가로 가는가 싶더니 다시 포장도로로 가고 장사항이 보인다 싶더니 또 왔다 갔다 한다. 심지어 길 건너는 것도 횡단보도를 찾아 올라갔다가 다시 내려와야 한다니. 원, 참!!!

오늘은 영랑호 주변에 있는 고향 친구의 오피스텔에서 친구와 같이 묵기로 했다. 조금 무리하여 거리를 걸었다. 영랑호를 진입하니 가을 냄새가 확 다가왔다. 이 가을을 즐기며 신나게 걸었다. 기암괴석과 억새, 호수 그리고 단풍의 어우러짐을 카메라에 열심히 담았다.

영랑호(永郞湖)는 속초시 장천동과 금호동 및 영랑동에 걸쳐 있는 둘레 8㎞의 호수다. 속초시에는 영랑호와 청초호(靑草湖)의 두 석호(潟湖)가 동해와 접하여 있다.

영랑호 둘레길을 따라 걸으니 가을의 풍광을 그대로 느낄 수 있어서 좋았다. 그런데 호수를 돌아서 범바위를 지나 순국 충혼비로 가는 길에 보광사 입구 못 가서 난데없이 해병대 전우회 사무실이 있었다. 아름다운 영랑호의 가을을 만끽하다가 보니 영 생뚱맞다. 아름다운 경치에 취해 있다가 일순간, 확 깨버린다.

충혼탑을 지나서 오후 3시 50분경에 오늘의 일정을 마치고 친구의 오피스텔을 찾아갔다. 비밀번호를 알려줬는데도 열리지를 않아 한참 애를 먹었다. 겨우 열고 들어가서 씻고 나니 친구가 도착했다.

같이 설악산 입구에 있는 '소문난 집'에서 산채 정식을 맛나게 먹고 바로 옆의 카페 '설악 스케치'에서 커피도 맛있게 한잔하니 기분이 좋았다. 반가운 친구도 만나니 그간의 피로가 말끔히 씻겨나가는 것 같았다. 숙소로 돌아와 내일의 일정을 정리하며 일찍 잠자리에 들었다.

[오늘 걸은 코스]

47코스　공현진항에서 삼포해변까지 9.7km(왕곡전통마을, 송지호, 철새 관망타워) 중 공현진까지 1.5km를 제외한 8.2km

46코스　삼포해변에서 장사항까지 15.0km(청간정, 천학정, 능파대, 백도항)

45코스　속초 해맞이공원에서 장사항까지 16.9km(대포항, 속초항, 속초 등대전망대) 중 장사항에서 영랑호까지 6Km 정도 포함 전체 29.2km)

DAY 5 속초해변에서 생긴 일

2014. 10. 16. 목요일

아침에 이슬비 오다가 이내 그친다

친구의 오피스텔에서 출발하려고 6시 20분경에 집을 나섰다. 때마침 비가 부슬부슬 내렸다. 게으른 사람은 쉬기 좋고 부지런한 사람은 일하기 좋다는 그런 날씨다. 친구가 오늘은 비가 내리니 좀 쉬다가 비 그치면 가라고 한다. 걷기도 어중간하여 잠시 쉬었다가 8시가 조금 지나 출발했다. 다행히도 비가 내리지 않았다.

등대 해수욕장을 지나 8시 50분경에 금강대교에 도착했다. 지난여름 가족들과 강원도로 여행을 와서 아바이순대와 오징어순대를 먹었던 가게가 눈앞에 나타났다. 반가웠다. 그렇지만 너무 일찍 출발하다 보니 아직 열지 않은 가게가 많아 대부분 밖에서 구경만 하고 왔다.

설악대교를 지나 지난여름 우리 가족이 묵었던 펜션을 지났다. 청호초등학교에서 바닷가로 들어서니 벽화가 나타난다. 요즘에는 곳곳에 벽화를 그려서 삭막한 분위기를 화사하게 바꾸려고 하는 것 같은데, 곳곳에 난발하여 오히려 신선미가 떨어지는 것 같기도 하다.

그렇게 속초 해수욕장에 도착하니 해안가에서 할머니 한 분이 파도에 밀려온 해초를 줍고 있었다. 나는 궁금하여 "할머니 거기에서 뭐 하세요?"라고 했다. 할머니께서 평소에는 해초가 잘 밀려오지 않는데 이번 태풍처럼 큰바람이 불고 나면 많이 밀려와서 주워서 말린다고 하셨다.

그렇게 할머니와 얘기를 나누고 있으니 근처에 중년 여성 두 분도 궁금했는지 할머니에게 계속 질문 공세를 퍼부었다. 억양이 독특해서 새터민인 줄 알았는데, 나중에 알고 보니 이들은 중국 연변에 사는 조선족 동포 아주머니들로 한국에 여행을 왔단다.

내가 배낭을 메고 할머니와 얘기를 하고 있으니 아주머니들은 또 내가 궁금했던 모양이다. 어디 등산 갔다가 오냐고 묻는다. 나는 "해파랑길을 걷고 있다고, 강원도 고성 통일전망대에서 부산 오륙도까지 걷고 있다." 라고 답했다.

그러자 아주머니들은 뭘 그리 힘들게 걷느냐며 도통 이해하질 못한다. 차도 있는데 차타고 다니면서 구경하지, 하여 뭐라 설명하기도 힘들고 "그냥 걸으면서 나 자신도 돌아보고 산천도 구경하면서 겸사겸사 걸어 다닌다."라고 답을 하고 돌아섰다. 아주머니들은 대화를 더 하고 싶어 서운해 하다가 이내, 손을 흔들며 무사히 완주를 기원해준다.

이틀을 걷고 나니, 1시간 반 정도를 걷다가 10분간 휴식을 취하는 것이 좋을 것 같았다. 속초해변에서 10분 정도 휴식을 취하고 있으니, 군용 헬기가 나를 따라다니는 것 같았다. 3일째 해안가를 따라 계속 따라다닌다고 생각했는데 아마도 해안 순찰을 하는 모양이다.

대포항에 도착하니 이름값을 하는 모양이다. 그저 평범한 항구로밖에 생각하지 않았는데 횟집과 수산시장 주변에는 어물전이 줄지어 있다. 마산에 사는 나로서는 낯선 광경만은 아니다.

설악 해맞이공원에 도착하여 사랑이 이루어진다는 인어 연인상 앞에서 휴식했다. 공원이 아담하니 참 좋다. 원래 이곳은 내(內)물치라는 마을이 있었는데, 1977년 풍랑으로 마을이 초토화되자 모두 이주시키고 공

▲ 설악대교를 지나면서 돌아본 속초(멀리 금강대교가 보인다.)

원으로 조성하였다고 한다.

당시 이 마을에서 물질하며 살던 한 처녀가 결혼을 약속한 총각이 풍랑으로 조난되어 끝내 돌아오지 못하자 3년을 이 갯바위에서 총각을 그리워하다 마침내 숨지고 말았다고 한다. 이를 기리고자 마을 사람들이 그 갯바위에 인어 연인상을 세웠다. 그 이후 '사랑이 이루어지는 바닷가 마을'로 널리 알려지게 되었다고 한다.

10시 55분경에 속초시에서 쌍천교를 지나니 양양군이다. 물치항과 물치해변을 지나 정암해변의 데크를 걷고 있는데 어제 그 친구로부터 전화가 왔다. 점심이나 같이 먹자면서.

아마도 오늘 아침에 간편식으로 먹은 것이 마음에 걸렸나 보다. 꼭 친

▲ 동해안에서는 보기 힘든 몽돌로 이루어진 정암해변(자갈의 색깔이 아름답다.)

구에게 민폐를 끼치는 것 같아 미안한 마음만 한가득하다. 미안한 마음에 계속 사양했지만, 친구는 근처에 와 있으니 그냥 있을 수 없는 모양이다. 그래서 점심을 먹기로 약속하고 주변 구경을 했다.

정암해변은 동해에서 처음으로 보는 몽돌해변이었다. 파도가 칠 때마다 몽돌 구르는 소리가 좌르륵 좌르륵 거리는 소리에 한참을 서서 몽돌 구르는 소리를 감상했다. 어느 음악가가 연주하는 악기 소리와도 닮은 듯하다. 정암해변에서 한참을 몽돌 구르는 소리를 감상하며 걷고 있으니 친구가 연락이 왔다. 설악해변에서 기다리고 있단다.

친구와 만나 낙산사 앞에 있는 황태구이 정식집에서 맛있게 먹었다. 입안에 전해져오는 황태의 구수한 맛과 고추장의 매콤한 맛이 어우러져서 천상의 맛을 내는 것 같다. 어제 만난 친구지만 친구와 단둘이 먹으니 더욱더 맛있는 식사였던 것 같다. 이렇게 먼 곳에서 숙소도 제공해 주고 식사도 같이하니 친구 하나는 잘 둔 것 같다. '그래, 친구야. 고맙다. 힘내서 완주할게.'하고 나는 마음속으로 다짐하면서 주먹을 불끈 쥐며 "파이팅!!!"이라고 화답하고 낙산사를 향하여 출발했다.

낙산사로 가는 해파랑길의 입구를 찾지 못하여 한참을 헤맸다. 잡초가 무성하고 사람이 다닌 흔적이라고는 찾을 수가 없었다. 겨우 찾아 길로 접어드니 산으로 안내한다. 산에는 인적이 드물어 보였다. 잡초가 무성하고 길이 안 보일 정도다. 겨우 올라와 낙산사 입구에 도착하니 입장료가 3,000원이란다.

지난여름, 가족들이랑 와 봤으니 그냥 지나치기로 하고 낙산사 주차장으로 길을 잡는다. 낙산해변을 따라 도로를 걸으니 무척이나 피곤하고 힘들었다. 걷는 길은 역시 포장도로보다 흙길이 좋다.

낙산사(洛山寺)는 강원 양양군 오봉산(五峯山)에 있는 통일신라 시대의 사찰로 관세음보살이 머무른다는 낙산(오봉산)에 있는 사찰이다. 671년(신라 문무왕 11) 의상(義湘)대사가 창건하여 858년(헌안왕 2) 범일(梵日)이 중건(重建)한 사찰이다. 이후 몇 차례 다시 세웠으나 6·25 때 전쟁으로 소실되었다. 소실된 건물들은 1953년에 다시 지었다.

3대 관음 기도 도량 가운데 하나로, 관동팔경(關東八景)으로도 유명하다. 경내에는 조선 세조(世祖) 때 다시 세운 7층 석탑을 비롯하여 원통보전(圓通寶殿)과 그것을 에워싸고 있는 담장 및 홍예문(虹霓門) 등이 남아있지만 2005년 4월 6일에 일어난 큰 산불로 대부분 전각은 소실되었다. 안타깝다.

낙산해변을 지나니 차도와 겹쳐져 있다. 오후 1시 30분 정도부터 낙산대교를 지나 2시 40분까지 약 1시간 10분을 새로 생긴 직선도로를 걷다 보니 지겹기도 하고 차량 때문에 위험하기도 하다. 혼자서 지나가는 바람과 대화도 해보고 새와도 대화를 시도해보지만, 힘이 들어 도저히 갈 수 없어 휴식을 취했다가 가기로 했다. 길 잃은 목자, 정자에 앉아 군자를 논해본다.

가도 가도 길의 끝이 보이지 않는다. 이제부터는 자신과 싸움인가보다. 지겹고 다리도 아파져 온다. 보이는 것은 아스팔트뿐이다.

수산항을 잠깐 들어갔다가 나오더니 다시 포장도로를 지난 1시간여를 걸었다. 아마도 오늘의 최악의 코스는 낙산해변에서 동호해변이 아닌가 싶다. 아마도 해파랑길 중에서 까다롭기도 몇 번째는 들 것 같다.

3시 반경에 피곤도 하고 지겹기도 하고 하여 동호해변에서 묵기로 했다. 슈퍼와 민박을 겸하고 있기에 전화를 했더니 성수기가 아니라서 다른 집에 알아보라고 한다. 결국, 다른 가까운 곳에 부탁하여 4만 원으로 자기로 했다.

식당도 없는 조그마한 해변이다 보니 내일 아침 식사를 마련하기에는 다소 어려움이 있어 보였다. 어쩔 수 없었다. 앞집 슈퍼에 가서 산 간편식으로 아침을 해결하기로 했다. 내일의 멋진 여행을 꿈꾸며 11시에 잠자리에 들었다.

[오늘 걸은 코스]

45코스　속초 해맞이공원에서 장사항까지 16.9km(대포항, 속초항, 속초 등대 전망대) 중 장사항에서 영랑호까지 6km 정도를 제외한 10.9km

44코스　수산항에서 속초 해맞이공원까지 12.5km(낙산해변, 낙산사, 정암해변)

43코스　하조대해변에서 수산항까지 9.4km(여운 포구, 동호해변) 중 수산항에서 동호해변까지 2.9km를 포함하여 전체 26.3km

DAY 6 처음으로 만나는 동해의 민낯

2014. 10. 17. 금요일

날씨가 아주 좋음

평소에는 6시 2~30분경에 길을 나서는데 오늘은 좀 늦은 시간에 숙소를 출발했다. 동호해변을 걸어가면서 보는 동해가 이제는 좀 익숙해진 것 같다.

오늘 바다가 어제 그 바다고 오늘 파도가 어제 그 파도보다 못하고. 이런 생각을 하는 순간 동해에서 붉디붉은 해가 얼굴을 쏙 내민다. 순간 어제와 엊그제의 바다와 또 다르다는 걸 느꼈다.

처음 고성에서 만난 바다는 거칠고 태양은 구름 속에 숨었다가 살짝 얼굴을 내밀다가는 다시 숨어버리는 그런 바다였다. 오늘은 바다도 얌전하고 태양은 아예 민낯으로 나를 반기며 붉게 타오른다.

바다도 산과 같이 매일 가도 그 산이 아니듯이 바다도 매일 그 바다가 아니라는 걸 점차 깨달아 가는 중이다.

동호해변을 지나니 여운포리로 접어들면서 자전거도로로 같이 걷는다. 중광정리에 다다르니 자전거 휴게소가 있다. 자전거나 자동차를 위한 휴게소는 있는데 왜 걷는 사람을 위한 휴게소는 없는 걸까. 시골 마을의 낡은 담벼락에는 벽화가 그려져 있어 걷는 이들에게도 좋은 볼거리가 된다. 해바라기, 코스모스 등 예쁜 꽃들을 그려 놓았다.

▲ 기사문항의 38선 기념비

8시경에 하조대해변에 접어든다. 하조대 전망대에서 탁 트인 동해의 푸른 바다를 보고 돌아오면서 하조대도 가려다가 지난여름의 추억을 떠올리며 그냥 지나쳤다. 근처 '하조대 식당'에서 아침으로 구수한 된장찌개를 먹고 힘을 내어서 다시 길을 재촉하기로 한다.

하조대(河趙台)는 강원도 양양군 현북면 하광정리에 있는 경승지로 하조대라는 정자가 있다. 주변은 하조대 해수욕장을 비롯하여 여러 해수욕장이 해안을 수놓은 듯이 줄지어 있다. 특히 하조대 해수욕장은 다른 동해보다 수심이 깊지 않고 경사가 완만하며, 울창한 송림을 배경으로 약 4㎞의 백사장이 펼쳐져 있다. 또한, 담수가 곳곳에 흐르며 남쪽으로는 기암괴석과 바위섬들로 절경을 이루고 있다. 하조대의 유래는 하씨

▲ 동해의 아름다운 모습

집안의 총각과 조씨 집안의 처녀 사이의 사랑에 얽힌 이야기에서 하조대라 부르게 되었다고도 하며, 고려 말에 하륜(河崙)과 조준(趙浚)이 숨어 살았던 곳이어서 하조대라 부르게 되었다고도 한다.

9시 20분경에 기사문항에 도착하니 집마다 태극기가 걸려 있다. 오늘이 국경일도 아니고 궁금하여 알아보니 한국전쟁이 발발하기 전에는 북한 땅이었다가 제일 먼저 수복되어 남한 땅에 편입되어, 그것을 기념하기 위하여 매일 국기를 걸어놓는다고 한다. 새삼 아픈 민족사를 뒤돌아보는 계기가 된 것 같다. 얼마나 기뻤으면 지금까지 하루도 빠지지 않고 집 앞에 태극기를 게양하고 있을까. 다시는 이런 동족상잔의 비극은 없어야 하고 전쟁 또한 없는 세상이 되어야 할 것이다.

저 멀리 3.1 만세운동 기념비도 보인다. 일제강점기를 지나고 해방이 되었는가 싶었는데 주변의 열강들에 의하여 강제로 허리가 잘려 70년을 아픈 가슴을 안고 살아온 세월이 아니던가. 다시금 가슴이 뭉클해져 오는 것을 느낀다.

전쟁의 아픔에서 벗어나지 않았다면 동해안을 밟아보지도 못했을 것이라는 생각까지 미치자 다시 한번 기사문항을 돌아보고는 눈길이 한참을 머문다. 눈길이 이곳을 떠나질 않을 것 같다.

아쉬움을 가득 안은 기사문항을 뒤로하고 다시 걷기 시작하니 38선 휴게소가 나타난다. 38선이라고 새긴 큰 표지석이 있다. 여기가 한국전쟁이 발발하기 전에 남과 북의 경계였던 38선이었다. 이를 기념하기 위하여 이곳에 표지석을 세웠다고 한다. 아마 후손들에게 이 비극과도 같은 전쟁의 아픔을 상기시키고자 하는 이유도 있으리라.

조금 더 걸으니 경찰전적비와 무궁화동산이 나온다. 여기서 7번 국도를 몇 번을 가로질러 왔다 갔다 하면서 마을도 지나는 자전거도로를 따라간다. 자전거도로를 따라가다 보면 어느새 동산포해변에 도착한다. 동산항에서 잠시 쉬었다가 죽도해변으로 향한다. 죽도(竹島)로 가는 입구에는 재미있는 표지판이 눈에 들어온다. '두창 시변리'라고 적어 놓고 그 아래 <두루 번창하는 시원한 해변마을>이라고 해설을 해 놓았다.

죽도해변에서 죽도로 방향을 잡아 진행하니 죽도암(竹島庵)이 나오고 죽도정(竹島亭)도 나온다. 죽도암과 죽도정에서 바라보는 바다는 다시 새롭게 보인다. 끝없는 수평선을 바라보면서 잠시 생각에 잠겨본다.

죽도는 양양군 현남면 인구리에 있는 섬이다. 둘레 1km 높이 53m로 아주 작은 섬이다. 옛날에는 섬이었다고 하나 지금은 육지와 붙어 있다. 송죽이 사시사철 울창하여 죽도라고 한다. 조선 시대에는 장죽이 강하여 전시에 사용하기 좋아 진상품이었다고 한다. 1965년에는 지방의 부호들이 죽도정을 건립하였다. 죽도암은 죽도에 있는 자그마한 암자다. 지금은 장죽은 어느 곳에도 보이지 않고 소나무만 울창하게 서 있다.

죽도를 뒤로하고 조금 걸으니, 평범한 해변인 인구해변과 광진해변을 지나 휴휴암으로 향한다. 휴휴암(休休庵) 역시 지난여름 가족들과 들렀던 곳이라 자세하게 돌아보지는 않을 예정으로 들어섰다.

휴휴암 입구에 들어서면 입구에 다른 사찰과 달리 멧돼지 상이 지키고 있다. 넉넉하게 좋아 보이는 포대 화상의 불룩한 배를 쓰다듬으면 복이 온다고 한다. 포대 화상의 배는 항상 새까맣게 반질거린다.

포대화상(布袋和尙)은 법명이 계차(契此)로 중국 후량(後梁)의 봉화현(奉化縣) 명주사람이다. 사람들의 길흉화복이나 날씨 등은 예언하는 등 기이한 행적을 많이 하였다고 한다. 항상 웃는 얼굴에 뚱뚱한 몸으로 배는 툭 불거져 늘어진 모습이었는데, 지팡이를 짚고 포대를 둘러메고 다니면서 중생이 요구하면 무엇이든 다 주었다고 한다. 지금은 중국 봉화에 있는 설두산(雪竇山)의 설두사(雪竇寺)에서는 미륵불로 추앙받고 있는 고승이다.

휴휴암은 바다를 바라보고 있는 지혜 관세음보살상 등 특이한 부분이 많은 사찰이다. 일주문을 들어서니 12시 정각이다. 마침 점심 공양 중이라 체면 불고하고 줄을 서서 기다렸다. 한참을 기다리다 받은 공양은 내가 좋아하는 채식이라서 그런지 더욱 맛있다. 후식으로 절편과 떡도 준다. 맛나게 먹고 지난번 가족 여행 때 보았던 황어 떼가 많은 곳에 가려다가 그냥 가던 방향을 잡아 걷기 시작한다.

휴휴암(休休庵)은 양양군 현남면 광진리에 소재하는 사찰로 쉬고 또

쉰다는 뜻을 가졌으며 미워하는 마음, 어리석은 마음, 시기와 질투, 증오와 갈등까지 팔만사천의 번뇌를 내려놓는 곳으로 묘적전이라는 법당 하나로 창건되었다.

1999년 바닷가에 누운 부처님 형상이 발견되면서 불자들 사이에 명소로 부상하였으며 100평 남짓한 바위인 연화 법당에 오르면 200m 앞 왼쪽 해변에 기다란 바위가 보이는데 마치 해수관음상이 감로수병을 들고 연꽃 위에 누워있는 모습이다. 그 앞으로는 거북이 형상을 한 넓은 바위가 부처를 향해 절을 하는 모양새다.

휴휴암을 지나면서 많은 인파로 인해 쉴 수가 없었다. 길 위에서 잠시 쉬어보려고 하니 해파랑길이 예측 불가다. 방향을 알려주는 리본이 보이지 않는다. 잘못하면 길을 잃을 수도 있다. 그러면 다시 길을 찾기 위하여 헤매야 할 것이다. 사방을 둘러보아도 리본은 어디에도 보이지 않는다. 자세히 살펴보니 제방 아래 저 멀리 백사장의 전봇대에 리본이 펄럭인다. 리본은 찾았으니 일단은 쉬고 보자. 휴식을 잠시 취하고 일어나서 걸으려고 하니 백사장의 리본이 눈에 거슬린다. 지도를 꺼내서 코스를 보니 방향은 같은 방향이라 제방 따라가면 만나겠다 싶다. 조금 걷다가 다시 지도를 보니 역시나 길이 있다. 그렇게 남애해변과 마을을 지난다. 방파제로 갔다가 횟집 마을을 지나니 많은 여행객이 횟집 마을로 밀어닥친다. 남애항을 지나 강릉과 경계를 이루는 지경마을을 지나 2시 반 경에 강릉에 도착하여 향호로 향한다.

향호(香湖)는 강원도 강릉시 주문진읍 향호리에 있는 석호(潟湖)다. 고려 충선왕 때에는 고을 수령들이 향도 집단과 함께 태백 산지의 동해사면을 흐르는 하곡의 계류와 동해안의 바닷물이 만나는 지점에 향나무를 묻고 미륵보살이 다시 태어날 때 이 침향으로 공양을 드릴 수 있도록 해달라는 매향(埋香)의 풍습이 있었다고 한다.

향호는 석호로 무척이나 아름다운 풍경을 자랑한다. 가을의 전령사인 갈대와 파란 하늘 그리고 맑은 호수가 겹쳐서 아름다움이 끝이 없다.

향호를 지나 향호해변과 주문진해변이 만나는 지점에서 '피라미드 황토방'에 묵기로 하고 주인과 흥정을 했다. 만원의 승리다. 기분이 좋아 재빨리 들어가서 짐도 풀고 샤워도 하고 입었던 옷을 씻었다. 황토방에 들어서니 손님이라고는 젊은 남자 한 명이 있었다. 아직 미혼인 경기도 안산에 사는 친구로 혼자서 강릉 여행 중이라고 했다. 주인인 줄 알았던 아주머니도 알고 보니 종업원이었다. 황토방에 뜨끈하게 누워서 정리하고 일어서니 아주머니가 밥을 가져오셨다. 세 명이 함께 라면과 밥을 먹으며 오늘을 마감한다.

[오늘 걸은 코스]

43코스 하조대해변에서 수산항까지 9.4km(여운 포구, 동호해변) 중 수산항에서 동호해변까지 2.9km를 제외한 6.5km

42코스 죽도정 입구에서 하조대해변까지 9.6km(기사문항, 하조대)

41코스 주문진해변에서 죽도정 입구까지 12.2km(향호, 지경해변, 남애항, 휴휴암, 광진해변)를 포함하여 전체 28.3km

DAY 7 강릉의 아름다움에 빠지다.

2014. 10. 18. 토요일

날씨가 여전히 좋음

6시경에 주문진해변의 피라미드 황토방을 출발했다. 소돌해변을 지나면 소돌항의 아들바위 공원에서 아침을 맞이한다. 상쾌한 바닷바람을 맞으니 기분이 좋았다.

소돌항의 아들바위 공원은 강릉시 주문진읍 소돌 포구 바로 뒤에 있는 공원이다. 옛날에 노부부가 이곳에서 백일기도를 하여 아들을 얻은 후 자식이 없는 부부들이 기도하면 소원이 이루어진다는 전설이 전해 내려오는 곳이다. 이곳에는 동자상, 아들 부부상 등의 여러 조형물과 바람, 파도에 깎인 절묘한 모습의 기암괴석이 있다.

이 공원이 있는 마을이 소돌(牛岩)이다. 마을의 전체적인 형국이 소처럼 생겼다고 하여 붙여진 이름이라고 한다. 무엇보다 소돌의 상징은 아들바위 공원에 있는 소바위이다. 검고 각진 바위의 모양이 거대하고 힘센 수소와 닮았다. 이런 여러 형상의 바위들을 구경할 수 있는 아들바위 공원은 바위와 바위 사이에 돌로 다리를 연결해놓아 바위의 생김새를 살펴보며 이 바위 저 바위 건너다니는 재미가 있다. 전설 때문인지 타지에서 오는 관광객이 많고, 특히 신혼부부들의 발길이 끊이지 않는다고 한다.

▲ 소돌항의 아들바위 공원과 일출 모습

그렇게 소돌항을 지나서 주문진항에 도착하여 따끈하고 시원한 곰치국으로 아침을 해결하였다. 곰치는 숙취 해소에 탁월한 능력이 있다고 한다. 특히 경상도 지역에서는 주로 물메기로 숙취를 해소하는데 동해에서는 곰치국으로 숙취를 해소한다고 한다. 경상도 지역의 물메기탕은 맑은 국인 데 반하여 곰치국은 김치에 끓여주는 것이 특징이다. 술을 마시지 않았는데도 불구하고 속을 시원하게 풀어주는 곰치국이다.

주문진항에는 이제까지의 다른 항과는 다르게 활기차게 아침이 시작되고 있었다. 다른 항들은 아마도 태풍의 영향으로 출항하지 못하여 항구가 조용하였을 것이다.

그렇게 주문진항과 해변, 그리고 영진해변과 영진항을 지나 맞이한 연곡해변의 소나무 오솔길은 정말 아름다웠다. 처음에는 해변을 따라 걷

▲ 사천진해변의 뒷불 바위

는 게 좋았지만, 따가운 햇볕과 비슷한 풍광 덕분에 이제는 오히려 숲길이나 오솔길을 걷는 것이 더 좋은 것 같다. 역시 걷는 길은 포장도로가 아닌 시원한 숲이 있는 흙길이 걷는 데 최고다.

어제 숙소에서 받은 밀짚모자가 햇빛도 가리고 좋았다. 바람에 계속 날려가서 불편하다 목줄을 하든지 해야겠다. 그렇게 겨우 사천진해변이 끝나갈 즈음에 나타난 바닷가에 조그만 바위섬이 보였다. 섬만큼 자그마하고 예쁜 앙증맞은 무지개다리도 놓여있었다. 가보니 사람도 통행도 되고 멋진 곳이다. 다음에 여기서 일출을 보면 정말 멋질 것 같았다. 나중에 알고 보니 일출 사진 촬영명소로 이름난 뒷불 바위라는 곳이었다. 사천진해변의 뒷불 바위는 정말 오랫동안 가슴에 남는 아름다운 풍

풍경이었다.

사천진리해변, 사천해변을 지나 순긋해변에 도착했다. 텐트 사이에서 기타를 치면서 노래를 부르고 있는 모습이 너무 낭만적이었다. 한참 동안 그 모습을 구경하고 있는데, 근처에서 딸뻘 되는 젊은 여학생이 순긋마을의 할머니와 대화하고 있는 모습이 보였다. 서울에서 왔다는데, 주문진까지 걸어가려고 한 모양이다. 할머니는 거기까지 걸어가는 건 안 되고 차를 타고 가야 한다고 설명 중이었다.

내가 그사이에 끼어들어 나도 통일전망대에서 걸어오고 있다고 하자, 학생이 대번에 반가워하며 나에게 강릉까지 같이 걸어갈 수 있느냐고 묻는다. 나도 혼자서 걷는 것보다는 둘이서 걷는 것이 훨씬 편하고 좋으니 그러자고 하고 같이 걷기로 했다.

이런저런 이야기를 하며 같이 걸어가니 역시 혼자 걷는 보다 아무래도 덜 지루한 것 같았다. 신기하게도 학생은 강아지를 품에 꼭 안고 걸었다. 힘들 법도 할 터인데, 강아지가 참 애틋한 모양이었다.

서울에서 온 여학생과는 경포해변으로 가는 길에서 헤어졌다. 서로 인연이 있으면 다시 만날 수 있겠노라, 서로 말하고는 헤어졌다. 이것이 도보여행의 매력인 듯싶다.

경포해변에는 소나무로 만들어진 숲길과 하얀 백사장으로 이어진 해변이 무척 아름다워 잠시 쉬었다. 그러고 나서 경포호로 걸음을 옮겼다. 경포호(鏡浦湖)는 말 그대로 거울처럼 맑은 호수라는 뜻이다. 옛날부터 경포대라는 정자를 짓고 풍류를 노래하였던 곳이니 멋지지 않을 수가 없다.

경포호 앞에 다다르니 정말 거울이 무색할 정도로 아름다웠다. 길 건

▲ 가을이 깊어가는 경포호. 멀리 오른쪽 언덕에 경포대가 아스라이 보인다.

너 방해정이라는 정자를 보면서 경포대를 향하여 걷는다.

방해정(放海亭)은 1859년경에 건립되었다. 경포호를 한눈에 내려다볼 수 있도록 높은 언덕 위에 자리 잡은 경포대와는 달리, 방해정은 경포호와 도로를 사이에 둔 평지에 자리 잡고 있다. 우거진 소나무 숲속의 초당마을(허균이 자랐다는 동네)을 호수 건너편에 두고 있으며 경포호가 가장 아름답게 보이는 곳이기도 하다.

한참 걸으니 '손성목 영화박물관'과 '참소리 축음기 박물관'을 만났다. 이렇게 걷다 보니 별의별 박물관을 만나는 것 같다. '참소리 축음기 박물관'을 들어가 보지는 못하고 지나쳐 걸었다. 그러자 나지막한 언덕 위에 있는 경포대를 만날 수 있었다.

나도 옛 선조들을 따라서 풍류를 느껴볼 요량으로, 잠시 경포대에 서서 경포호와 경포 해수욕장을 바라봤다. 역시 경포대에서 바라본 경포호는 가히 절경이었다. 조그만 바람에도 반짝이며 일렁이는 경포호수를 바라보니 정말이지 이름처럼 거울에 견주어도 될 풍경이었다. 선조들도 이곳에서 나처럼 이 호수를 보며 거울 같다, 하며 경치를 즐겼을 생각을 하니 괜히 신기하기도 했다.

그렇게 경포대를 뒤로하고 다시 길을 나서니 고요한 경포호의 선착장에는 나룻배가 한 척 대기하고 있었다. 퍽 낭만적인 모습이었다. 경포대를 내려와 경포호 주변을 걸었다. 건너편 사잇길로 '허균과 허난설헌 기념관'으로 가기 위해 들어섰으나 줄배를 타고 경포호를 건너야 한다. 포기하고 돌아서서 경포호 주변을 계속 걸었다. 다시 호수 반대편에 '허균 허난설헌 기념관'으로 가는 길이 나왔다. '허균 허난설헌 기념관'은 해파랑길과는 너무 멀리 떨어져 있어 포기하고 계속 걷는다. 경포호 입구에 오니 많은 사람이 모여 있어 오늘 무슨 행사를 하는지 알아보니 강릉시 걷기 대회 행사가 있어서 그렇단다.

오후 1시가 다 되어서 경포해변에 있는 물회 전문 횟집으로 점심을 먹기 위해 찾았다. 주변 맛집으로 알려진 '독도야 명품 횟집'이었다. 횟집 안에는 이미 다녀간 손님들이 가리비 껍데기에 이름과 소원을 새겨서 걸어 놓았다.

젊은 사장님 부부가 해파랑길을 혼자서 걸어 내려온 내 이야기를 듣고는, 음식도 더 챙겨주는 것은 물론 격려와 함께 시원한 물도 한 병 채워 주었다. 이럴 때마다 사람 사는 정을 느끼곤 한다. 젊은 사장 부부에게 장사 잘하라며 인사를 나눈 후 강릉항으로 출발했다.

▲ 액자 속의 그림 같은 강문해변

강문솟대다리는 멋지게 해변을 지키고 있었고, 강문해변에는 캔버스를 연상하는 조각품이 세워져 있었다. 해변을 배경으로 사진을 몇 장 찍으니 캔버스에 그린 수채화 같은 풍경이 나왔다.

열심히 걸어 송정해변을 지나 안목해변에 도착하니 강릉의 카페거리가 눈에 들어왔다. 일명 '커피거리'라고 불리는 곳이다. '1박 2일'에서 이승기가 카페거리에서 커피를 마시던 장면이 기억이 난다. 온통 커피 향기가 감도는 그곳에서는 시골 할머니들조차 관광을 와서는 커피를 마시고 있었다. 새삼 미디어의 위력을 실감하는 날이다. 그러자 괜히 나도 카페거리에서 커피를 한 잔 마시고 싶어졌다. 그러나 너무 카페가 밀집하여 있으니 딱히 운치가 별로 없어 보이기도 했다. 아쉽지만 지나쳐

가기로 했다.

안목해변을 지나 죽도봉 공원을 지나서 솔바람다리에 들어서니 어디서 고함이 들려왔다. 고함이라기보다는 괴성에 가까운 비명이다. 놀라서 둘러보니 아라나비라는 집라인을 타는 곳에서 나는 소리다. 해변을 가로지르는 멋진 풍경 덕에 집라인을 설치하여 관광객을 모으고 있는 모양이었다. 나도 한번 타보고 싶었지만, 도보여행 중이라 다음을 기약했다. 그리고 마침내 걷고 걸어 오늘의 종점인 남항진해변에 도착했다.

내일은 남항진항에서 안인해변까지 35km를 걸어야 하는데 중간에 숙소가 없는 산악지역이라 걱정이 이만저만이 아니다. 고민 끝에 그냥 이 코스는 지나가고 안인해변에서 다시 출발하는 것이 좋을 것 같다. 다음에 이 코스를 걸어보는 것으로 하고 주위에 택시나 버스 탈 곳이 있는지 둘러보고 있으니 다행히 택시가 한 대 멈춰 선다.

택시기사님 보고 안인해변을 가자고 하니 오늘 비번이라서 운행이 안 되니 운행이 가능한 분을 불러주겠다고 한다. 택시를 불러 16,800원으로 안인해변까지 이동했다. 가는 도중 제 18 전투비행단이 있어 차량 우회를 시키느라 꽤 돌았다.

택시기사님은 비행단이 해변도 막고 있어 빙빙 돌아서 가야 한다고 투덜댄다. 아무래도 37, 38코스도 이 전투비행단 바람에 해안으로 못 가고 빙빙 돌아서 가야 할 듯싶었다.

드디어 안인해변에 도착하여 숙소를 찾아보았지만 전부 영업을 하지 않아 한참을 헤매다가 항구 앞의 '썬'모텔에 숙박하기로 했다. 내일을 기약하며 머릿속에 또 하나의 지도를 그리며 잠자리에 들었다.

[오늘 걸은 코스]

40코스　사천진리해변에서 주문진해변까지 12.4km(연곡해변,주문진)

39코스　솔바람다리에서 사천진리해변까지 16.1km(허균. 허난설헌 기념관, 경포대)를 포함하여 전체 28.5km

DAY 8 안보체험 등산로에서

2014. 10. 19. 일요일

날씨가 화창하다

6시 10분경에 안인항의 출발하여 첫 출발은 괘방산(339m) 산행으로 시작했다. 산행 초입에는 표지판이 여러 가지로 되어있다. 길 하나를 안보체험 등산로와 강릉 바우길, 해파랑길 등 여러 가지 이름으로 사용한다.

안보체험등산로 입구라고 표시되어 있어 궁금해서 보니, 아무래도 바닷가를 통하지 않고 괘방산에서 곧장 정동진역까지 이어지는 길인 것 같았다.

괘방산 초입지에서 아주머니 두 분이 차에서 내려 한창 산행 준비 중이다. 이 두 분과 한참을 산행을 같이했다. 중간쯤 올라가니 왼쪽 동해로 붉은 해가 솟아오른다. 이제껏 바닷가에서 봐 온 일출과는 달리 이번에는 산에서 일출을 보게 되니 새롭기도 하다.

조금 더 걸어가니 삼우산 정상이라는 표지가 나온다. 왼쪽 산 아래 바닷가 옆에 비행기, 잠수함 등이 보이는 것으로 봐서 강릉 통일공원이다. 그래서 안보체험 등산로라고 부르나 보다. 걷다 보니 절로 안보의 중요성을 다시 한번 되새기게 되었다. 새삼 발걸음에 힘이 들어갔다.

삼우산 정상을 조금 지나니 야영을 하는 사람들 대여섯 명이 보였다.

▲ 괘방산 지역을 지나면서 본 안보 공원

어제와 오늘 주말을 이용하여 야영에 나섰나 보다. 산정에서 해돋이도 보고 저렇게 힐링하고 나면 정말 좋을 것 같다. 이 길이 강릉의 '바우길 산우에 바닷길'로 걷기에는 최적의 장소인 것 같다.

아름다운 산길을 걷다 보니 어느새 정동진이 가까워졌다. 흙이 이상하게도 검어서 자세히 보니 돌도 모두 검었다. 신기했다. 그 와중에 일가족 4명이 산행을 하는 모습이 눈에 띄었다. 초등학생쯤 되어 보이는 어린아이들이 부모와 같이 산행을 하다니 대단하다는 생각이 들었다. 하기야 우리 애들도 어릴 때는 아무것도 모르고 따라다닌 적이 있지 않은가. 10시경 정동진역 앞에 도착했다. 그러다 문득 해파랑길을 걸으며 생각해 보니, 아직도 가족들에게 짧은 문자 한번 보내지 않았다. 이 무

▲배 모양의 리조트와 멋지게 어울리는 정동진해변

심함을 어쩌랴.

나는 관광객에게 처음으로 부탁해서 사진을 찍었다. 카카오 스토리에 진행 상황을 올렸더니 가족과 지인들이 모두 환호성이다. 혼자지만 혼자가 아닌 기분이다.

정동진해변으로 나섰다. 정동진의 랜드마크(Land Mark)와도 같은 배 모양의 썬크루즈 리조트가 떡하니 보인다. 하얀 정동진해변에서 관광객들은 너도나도 배 모양 리조트를 배경으로 사진 찍기에 여념이 없다. 정동진에 왔다는 인증을 하기 위함이리라. 나도 찍어보려 했지만 영 민망하여 구경만 하고 나왔다.

정동진해변을 조금 걸어가니 거대한 모래시계가 나를 반긴다. 모래시계공원이었다. 모래시계공원에서 잠시 쉬었다 가기로 했다.

쉬고 있으니 옛날 직장동료인 친구한테서 전화가 왔다. 지금 어디냐길래 정동진이라 답했다. 친구가 해파랑길 종주를 하고 있다는 내 얘기를 듣더니 깜짝 놀라며 용기를 북돋워 줬다. 해파랑길 770km를 걸으면서 친구들의 소소한 격려 전화나 방문이 나에게는 큰 힘이 되었다. 덕분에 이제는 걷는다는 것 자체가 점점 즐거워지고 있다.

다음 목적지인 심곡항을 향해 걸음을 재촉했다. 그런데 이런, 또 바닷길이 아닌 산길로 안내한다. 삿갓봉(273m)을 지나서 심곡항까지 가야한다. 그런데 해안으로는 길이 없어 산길로 안내한 것이다. 오늘은 오전에 9.4km 오후에 3.3km로 산행만 12.7km를 걸었다.

삿갓봉을 넘어서 심곡항에 도착했다. 늦은 점심을 '헌화로 도매센터'에에서 점심으로 물회를 먹었다. 이 집도 나름 맛집인 모양이다. 횟집 이름에서 알 수 있듯이 마을 앞길의 도로명이 헌화로(獻花路)이다. 헌화로는 기기묘묘한 기암괴석으로 경관이 빼어나 자연의 신비로움을 느끼게 하는 곳이다. 이 헌화로의 중간에 합궁(合宮)골이라는 곳이 있다. 합궁골은 남근과 여근이 마주 보고 있어, 신성한 탄생의 신비를 상징적으로로 보여주는 곳이다. 특히 부부가 오면 금실이 좋아지고 기다리던 아이가 생긴다고 전해진다고 한다.

바로 이 합궁골에는 유명한 전설이 깃들어 있다. 그것은 신라시대 성덕왕(聖德王) 때의 일이다. 순정공(純貞公)이 강릉 태수로 부임해 오면서 바닷가에서 쉬고 있었다. 길옆 벼랑에 철쭉꽃이 피어 있는 것을 보고 순정공의 부인인 수로부인(水路夫人)이 그 꽃을 꺾어 달라고 했다. 그러나 아무도 나서지 않자 소를 몰고 가던 한 노인이 꽃을 꺾어 바치면서 불렀다고 한다.

헌화가(獻花歌)

紫布岩乎邊希 / 執音乎手母牛放敎遣 / 吾肹不喩慚肹伊賜等 / 花肹折叱可獻乎理音如

자줏빛 바위 끝에 / (부인께서) 암소 잡은 (나의) 손을 놓게 하시고 / 나를 부끄러워하지 않으신다면 / 꽃을 꺾어 바치겠나이다.

여기서부터 금진해변까지는 정말 지겹고 힘든 코스 중의 한 곳이었다. 실은 금진해변을 지나 옥계 시장으로 가지 않았다. 일기예보에서 내일은 비와 돌풍이 예상된다고 했기 때문이었다. 비바람이 불기라 도 한다면 아침부터 첫길이 또 산행이 될 것이었다. 비바람에 산길을 걷기에는 어려움이 많이 따를 것 같았다. 그래서 동해 망상해변까지는 7번 국도로 이동하기로 결정한 것이었다. 그러나 막상 7번 국도변에는 인도나 갓길이 없어 아주 위험했다. 걷기에는 아주 부적절한 곳이었다. 비바람 탓에 11여 km를 산행으로 걷지 않으려 하다가 정말이지 크게 혼줄났다.

겨우 망상해변에 도착하여 망상해변에 있는 '해맞이민박'에서 묵기로 했다. 옷과 몸을 씻고 망상해수욕장으로 갔다. 동해시에서 운영하는 망상 자동차 캠핑리조트가 있으니 식당이나 마트가 있으리라 생각했기 때문이었다.

역시나 근처에는 동해시에서 운영하는 편의점이 있었다. 김치와 간편한 조리 식품을 사서 오늘 저녁과 내일 아침 준비를 완료하고 나니 마음이 놓였다. 정리하고 11시에 꿈나라로 직행하였다.

[오늘 걸은 코스]

36코스 정동진역에서 안인해변까지 9.5km(당집)

35코스 옥계시장에서 정동진역까지 13.4km(옥계해변, 금진항, 심곡항)

34코스 옥계시장에서 망상해변까지 11.2km(실제 5km 정도)를 포함하여 전체 27.9km

DAY 9 가을비에 젖은 추암해변

2014. 10. 20. 월요일

비가 부슬부슬 오다 오후부터 갬

아침부터 비가 부슬부슬 내리는 관계로 숙소인 '해맞이 민박'에서 6시 50분경이 되어서야 출발하게 되었다. 우의를 입고 고무신을 신은 채 망상해변을 지나는데 비에 젖은 바다와 해변이 무척이나 인상적이다. 비가 추적추적 내리니 갑자기 감성이 폭발한다. 괜히 집이 그리워진다.

어제 옥계시장에서 자고 산길을 걸었다면 험난한 여정이 되었을 것이다. 다행히도 일기예보 때문에 산길을 택하지 않고 7번 국도로 망상해변까지 왔으니 코스를 잘 선택한 것 같다. 무엇이든 적재적소에 있어야 필요하고 소중한 것이 되겠지만 필요 없는 것이 더해지면 피해가 될 뿐이다.

노봉해변과 대진해변을 지나고 대진항도 지나 어달해변에 도착하니 비가 오락가락한다. 정자를 찾아 10여 분 동안 휴식을 취하고는 우의를 입었다.

어달항을 지나 묵호항 근처에 다다르니 까막바위와 문어상이 보였다. 여기에는 문어에 대한 전설이 전해온다. 조선 중엽 인품과 덕망이 있는 호장(戶長, 지금의 지역 유지)이 살고 있었다. 어느 날 배 두 척이 마을을 처들어와 약탈한 재물과 호장을 배에 싣고 돌아가려는데, 호장이 이들을 크게 꾸짖었다. 그러자 갑자기 하늘이 어두워지고 천둥·번개가 치고 광풍이 불더니 호장이 탄 배가 뒤집혀 모두 죽고 말았다. 남은 한 척의 배가 달아나려고 하자 갑자기 큰 문어가 나타나 배를 뒤집어 나머지 침입자들을 모두 죽여 버렸다. 그러자 주민들은 그 문어가 호장이 죽어서 변신한 혼이라고 믿게 되었다. 지금도 착한 사람이 지나가면 복을 받게 되고 죄지은 사람이 지나가면 그 죄를 뉘우치게 해준다는 전설이 내려오고 있다.

묵호항에 도착하니 안내표지가 정확하지 않았다. 특히 묵호역 앞에서 많이 헤매게 되었다. 비는 역시 오락가락하고 있다. 아무 곳이나 쉬지도 못하고 묵호역을 지나 묵호대교 아래에서 피곤한 다리를 잠시 쉬었다가 가기로 했다. 묵호항역을 지나서 바닷가로 향하는 지하통로에는 어린이들이 그려 놓은 타일벽화가 있다. 참으로 신선한 아이디어라 생각한다.

그렇게 하평해변에 도착하니 해파랑길의 쉼터가 있다. 노인 일자리 사업으로 청소하는 노인분들이 차지하여 그냥 지나쳐서 해안도로를 따라 걷는다. 묵호대교 밑은 나그네의 여정에 피로를 풀 수 있게 하는 곳이다. 도로변을 참 잘 가꾸어 놓아 걷기에는 참 좋은 코스였다. 시내도로를 따라 걷는 길 중에는 최고인 듯했다. 노란 우의에 하얀 고무신을 신고 멋지게 한 컷 찍어봤다. 꼭 동남아 승려 마냥 주황색 승복을 입은 듯이 보인다.

한참을 걸어 동해역 앞에 도착하니 식당들이 몇 개 보였다. 시계를 보니 11시 반이라 때 이른 점심을 먹기도 뭐해서 계속 걸었다. 그런데 웬걸, 식당은 나오지 않고 들판만 계속 나왔다. 비는 자꾸 오락가락하고 나는 점점 후회되었다. 철로 변을 걸어 전천(箭川)까지 가도 음식점은

▲ 묵호항의 지하 통로에 만들어놓은 어린이들의 그림. 비도 피할 겸 한참을 구경하고 갔다.

고사하고 슈퍼조차 보이지 않는다. 역시 쉴 수 있을 때 쉬어야 하고 먹을 수 있을 때 먹어야 한다는 진리를 다시 한번 되새기게 되었다.

전천 변을 걸으며 오늘도 점심이 될지 중참이 될지를 몰라 헤매고 있는데, 저 멀리 강태공이 낚시에 여념이 없다. 바다도 아닌 바다와 붙은 하천에서 무슨 고기를 낚는 건지 도통 알 수가 없었다. 그러나 그건 나의 기우였다. 바다보다 하천인 전천 변에 강태공들이 많이 있는 것은 바닷물고기가 민물과 합류하는 지점에 먹을 것이 많아서 모인다는 것이었다. 꼬르륵. 내 먹을 것도 있었으면. 얼른 음식점을 찾아 빠르게 걸었다.

▲ 노란 우의를 입고 해파랑길을 걷고 있는 필자

드디어 2시가 조금 넘어서 추암해변에 도착해서 횟집을 찾았다. 다행이기는 하지만 거의 매일 먹는 물회와 회덮밥이 슬슬 질리기 시작하는 것 같다. 물론 바닷가이니 횟집밖에 없는 것이 당연지사이겠지만 이제는 다른 음식도 좀 먹어보고 싶다.

점심을 먹으며 횟집 사장님에게 여기 민박집이 어디 없냐고 여쭈었다. 그러자 사장님이 선뜻 아는 곳을 소개해주었다. 다행이었다. 민박집에 여장을 풀고 입었던 옷을 세탁하여 널어놓았다. 그러고 나서 촛대바위랑 조각공원을 돌아보기로 했다. 밖으로 나오니 저 멀리 이사부사자공원이 눈에 들어온다. 내일은 저 이사부사자공원을 지나갈 것이다.

촛대처럼 생긴 추암해변의 촛대바위가 멋진 모습으로 다가온다. 여기

▲ 추암해변의 촛대바위와 절경들

도 일출 명소인 듯하다. 뾰족하게 솟은 바위가 늠름하게 동해를 보고 서 있다. 해가 뜨면 촛대처럼 불타오를 바위를 생각하니 벌써부터 멋있게 보이는 것 같았다.

북평 해암정(北坪海岩亭)에도 들렀다. 해암정은 고려 공민왕 10년(1361년)에 삼척 심씨의 시조인 심동로(沈東老)가 벼슬을 버리고 낙향하여 후학 양성과 여생을 보낸 곳이란다.

그런 후 추암 근린공원에 있는 조각공원으로 갔다. 멋진 조각품들이 전시되어 있었다. 공원에서 한참을 구경하다가 민박집으로 돌아오면서 내일 아침용으로 편의점에 들러 우유와 소시지를 샀다. 저녁은 민박집에서 회덮밥으로 해결하고 11시경 잠자리에 들었다.

[오늘 걸은 코스]

34코스 묵호역에서 옥계 시장까지 19.2km(대진항, 망상해변) 중 옥계시장에서 망상해변까지 11.2km 제외한 7km

33코스 추암해변에서 묵호역까지 13.0km(동해역, 한섬해변)를 포함하여 전체 20km

DAY 10 폭풍우도 막을 수 없다

2014. 10. 21

비가 어제보다 조금 심하더니

급기야 나중에는 폭우 수준으로 왔다

아침에 일어나니 어제보다 비가 좀 더 많이 오는 것 같다. 비가 내리더라도 이동하는 데는 별문제가 없을 것 같아서 6시 30분이 지나서야 민박집 문을 나섰다.

출발하자마자 근처 이사부사자공원에 들러보려고 하였다. 그러나 비가 내리는 이른 시간이라 문을 열지 않았다. 아쉽게도 들러보지 않고 걷기로 했다. 어제 민박집 사장님 말씀대로 이사부사자공원에 다녀왔더라면 오늘 이렇게 목전에서 발걸음을 되돌리지도 않았을 텐데 하는 아쉬움이 남았다. 결국은 들어가 보기는커녕 비가 와서 사진 한 장 찍지 못하게 되다니. 할 수 있을 때 하고, 쉴 수 있을 때 쉬고, 먹을 수 있을 때 먹어야 한다는 평범한 진리를 다시 한번 깨우치게 되었다. 그러나 어쩌겠는가. 지난 일을 주워 담을 수도 없으니 말이다.

어쩔 수 없이 앞만 보고 걷는데 유달리 비가 더 많이 내리는 것 같다. 비를 헤치며 증산해변을 지나 '수로부인 공원'을 지났다. 근처에 리조트의 공사가 진행되고 있는지 주민들이 반대하는 현수막이 덕지덕지 붙어 있었다. 사람 마음이 한데로 모이기는 정말 힘든 것 같다. 비는 내리고 갈 길은 멀고 지나가는 나그네는 정처 없는 발걸음만 재촉해 본다.

그렇게 삼척해변을 지나고 후진항도 지나고 해안의 도로를 따라 줄곧 걸었다. 눈치 없는 파도는 계속해서 철썩거리고 비는 계속 쏟아지고 있었다. 영 날씨 컨디션이 좋지 못하다.

'새천년 해안 유원지'에 가기 전에 비치 조각공원이 있어 쉬고 싶었지만 계속 비가 쏟아지고 있다. 광진해변을 지날 즈음 해파랑길은 산쪽으로 유도하는 이정표를 지나, 광진마을과 산길을 지나 삼척수협 앞으로 나오는 길이다. 중간에 안내표지가 부실하여 산에서 40분 정도 힘들게 헤매고 나니 짜증이 치밀어 오른다.

비가 내리니 핸드폰의 앱도 볼 수가 없고 물안개까지 피어오르니 어디로 가야 할지 정신을 못 차린다. 하는 수 없이 광진해변까지 되돌아왔다. 해안도로로 삼척수협까지 가기로 하고 돌아오는 도중에 집에서 전화가 왔지만, 비 때문에 전화를 받을 수가 없었다. 결국, 광진해변의 도로 옆 버스 정류소에서 잠시 쉬면서 전화도 받고 앱도 챙겨보고서는 다시 길을 나섰다. 다들 걱정이 되었는지 그곳은 비가 안 오냐, 바람은 안 부냐며 내 안부를 묻는다. 나는 여기는 비는 오는데 아직 바람은 안 분다며 대답했다. 그러나 입이 방정이었다. 전화를 끊고 나자마자 비바람이 몰아쳤다. 이런!

그렇게 새천년도로를 걸어서 '소망의 탑'까지 와서 보니 팔각정이 있었다. 겨우 팔각정 안에서 소망의 탑을 보고 사진 한 장을 찍었다. 오늘의 유일한 사진이다.

심지어 삼척항은 비바람 때문에 모든 가게가 문을 닫은 상태다. 도대체 뭘 할 수가 없다.

▲ 오늘의 유일한 사진인 소망의 탑

오십천 앞에 겨우 다다르니 길이 삼척문화회관에서 오십천을 따라 돌아가도록 되어 있었다. 비도 오고하여 바로 삼척교를 건너 곧장 진행하기로 했다.

오십천은 하천의 곡류가 매우 심하다. 오십천이라는 명칭도 이 하천의 하류에서 상류까지 가려면 물을 오십 번 정도 건너야 한다는 데서 붙여진 것이라고 한다.

오십천(五十川) 변을 따라 하구로 걸어오자 비바람은 더욱 심해지고 앞도 제대로 보이지 않았다. 안내 표지판조차도 제대로 보이지 않았다. 표지판에 '이사부 장군 복속 출항 기념비'라고 되어있어 따라갔더니 막다른 길이었다. 다시 돌아와 또 15분 정도 길을 헤매었다. 오늘은 비바람 때문인지 계속 헤매는 것 같았다.

다시 돌아와서 오분해변 쪽으로 방향을 잡아 걸었다. 그렇게 겨우 상맹방해변까지 왔다. 하지만 비바람이 거세게 몰아쳐서 더는 걸을 수가 없었다. 원래는 비가 오는 관계로 그나마 가까운 덕산마을에서 숙소를 정하기로 생각하고 출발했던 터다. 지금 상황을 보면 그마저도 힘들어 보였다. 아무래도 지금 숙소를 잡고 들어가야 할 듯싶었다.

근처의 상맹방마을에 펜션이나 모텔을 찾으니 몇 개 보였다. 내가 걷는 방향과 맞지 않아서 도저히 갈 수 없어 계속 걷다 보니 숙소가 보이지 않았다. 낭패였다.

겨우 하맹방마을에 도착하니 바람은 자꾸 거세어져서 걸음을 걷는 것조차 어려울 지경이었다. 비바람을 맞아 추위까지 엄습해 오고 있어 도저히 안 되겠다 싶다. 몇몇 곳에 전화하고 물어봐도 민박을 하지 않는다는 것이었다. 이러다 정말 큰일 날 것 같았다.

마지막으로 찾아간 민박집에서 나는 어쩔 수 없이 다짜고짜 "좀 살려주십시오."하고 애원을 했다. 주인아주머니인 줄 알았던 이웃집 아주머니가 나가시면서 하시는 말씀이 "빈방도 있고 하니 받으면 되겠네?"라고 하신다. 기회는 왔다. 더 아저씨에게 매달렸다. 그러자 아저씨는 할 수 없다며 자고 가라고 하신다. 휴~! 살았다. 그제야 나는 안도의 한숨을 내쉬었다. 나중에 알고 보니 성수기 때만 민박을 하신단다. 정말이지 천운이었다.

얼른 옷을 빨아 방바닥에 널어놓고 나니 주인집 아주머니께서 돌아와 화장실과 욕실을 주인집하고 같이 사용해야 한다고 하신다. 평소라면 불편한 상황이었겠지만 지금은 이마저도 감지덕지다. 그래도 그 폭풍우

속에서 헤매지 않아 이 얼마나 다행한 일인가.

아주머니께서 고맙게도 도토리와 밤으로 만든 칼국수를 내어 주셨다. 아무래도 두 분이 먹으려고 만든 것 같았다. 독특하니 참으로 맛있었다. 비바람 탓에 제대로 걷지도 못했지만 생각지도 않은 방도 구한 데다 밤과 도토리 칼국수도 별미로 먹었으니 결과적으로는 해피엔딩인 것 같다.

뭐, 아무렴 어떠냐. 세상사 살면서 오늘 같은 날도 숱하게 겪었지 않았는가. 하지만 뒤돌아보면 좋았던 일이 더 많았었다. 그렇게 기분 좋게 하루를 보내다 보니 어느새 비가 조금씩 개고 있었다. 내일 하루는 지금처럼 비바람이 불지 않기를….

[오늘 걸은 코스]

32코스 덕산해변 입구에서 추암해변까지 22.3km(상맹방해변, 삼척역, 새천년해안 유원지, 삼척해변) 중 하맹방해변에서 덕산해변 입구까지 2km 제외한 전체 20.3km

DAY 11 몬주익의 영웅, 황영조 기념관

2014. 10. 22

비가 조금씩 내리다가

그치기를 반복하다가 오후 3시쯤 그치다

주인집 아저씨가 6시에 어디 가신다고 한다. 나 혼자 주인아주머니와 같이 있을 수도 없는 노릇이다. 다른 날보다 이른 시간인 5시 50분경에 민박집을 출발하니 비가 조금씩 내리고 있었다.

어제보다는 비가 훨씬 적게 내렸다. 어두워서 어디가 어딘지 분간을 할 수 없다. 방향을 잡지 못하고 갈팡질팡하고 있으니 주인집 아저씨가 나타나 길을 안내하여 내가 갈 수 있는 큰길까지 안내하여 주어서 출발이 순조로웠다.

10분 정도 걸으니 시야가 어둠에 적응했는지 아니면 날이 더 밝아진 건지 길도 보이고 바다도 보인다. 다행인 것은 어제보다 바람은 아예 없고 비도 아주 조금씩 내리고 있다. 30여 분만에 덕산해변 입구에 도착하여 코스대로 걸어가려고 했으나 표지판이 보이지 않는다. 앱으로 조회하니 진행 방향의 다리가 어제 빗물에 잠겨버렸다.

건널 수도 없어 마읍천(麻邑川)의 덕봉대교를 건너 마읍천 변을 계속 걸었다. 이슬비가 계속 오락가락하고 있었다.

부남교를 지나서 한참을 마읍천 변을 걸어 동막교를 지났다. 오늘의 길은 도로를 따라 걷는 코스다. 동막골에서 궁촌까지 계속 도로변으로 걸었다. 그러다 보니 발이 너무 피곤하다. 궁촌에 도착하니 멀리 고려 공양왕릉이 보인다.

고려 공양왕릉(고려 공양왕 고릉(高麗恭讓王高陵))은 두 곳에 있다고 한다. 그 한 곳이 그의 유배지이며 사사지(賜死地)였던 강원도 삼척시 근덕면 궁촌리에 있다. 또 한 곳은 경기도 고양시 덕양구 원당동에 있다. 비석은 처음부터 세워져 있었던 것으로 보이지만, '고려 공양왕 고릉(高麗恭讓王高陵)'이라는 글씨가 있는 묘표석(墓表石)은 조선 시대 고종 때 세운 것으로 알려져 있다. 한 사람의 무덤이 두 곳에 존재하는 것은 고려 왕실의 마지막을 상징해주는 것이라고도 한다.

이 삼척 공양왕릉(三陟恭讓王陵)은 조선 시대에 만들어진 것으로 알려져 있다. 1995년 9월 18일에 강원도 기념물 제71호로 지정되었으며 경기도 고양시의 공양왕릉은 문헌에 기록되어 있으나, 강원도 삼척시의 공양왕릉은 민간에 오랫동안 구전되어 내려오던 것이다. 현재 강원도 기념물로 지정된 삼척 공양왕릉은 규모가 클 뿐만 아니라, 그 옆에는 왕자, 나머지는 시녀 또는 왕이 타던 말 무덤이라고 전해지기도 한다.

공양왕릉을 뒤로하고 길을 재촉한다. 원평해변, 초곡해변, 문암해변을 지나 황영조 선수의 고향인 초곡마을로 향한다. 초곡마을에는 온통 황영조 얘기다. 몬주익의 영웅은 고향 마을에서도 영웅이 되어있었다. '황영조 기념관'에 도착하니 비가 내리지 않았다. 다행이었다. 다시 힘을 내기로 했다.

원래 여기서부터는 용화에서 산길을 걸어 '검봉산 자연휴양림'을 통과

▲ 몬주익의 영웅, 황영조 기념관 앞 공원에서

하여 원덕까지 가야 하는 코스다. 코스가 길다 보니 중간에 숙박시설도 없다. 그렇다고 산길을 오늘 다 넘을 수도 없다. 결국은 산길을 포기하고 바닷길로 장호, 갈남, 해신당공원, 임원항, 원덕으로 코스를 잡고 걷기로 계획을 바꿨다.

오늘은 장호항에서 묵기로 하고 도착하니 11시 15분경이다. 지난번 가족여행 때 묵었던 '장호 민박집'을 찾았으나 사장님과 연락이 되지 않는다. 조금 더 장호항 쪽으로 내려와 '해마루 펜션'에 묵기로 했다.

얼른 옷부터 빨아 널고 우비도 널고 동네 한 바퀴를 산책했다. 산책하고 오면서 내일 아침거리와 간식거리를 좀 샀다. 점심은 오랜만에 중국집에서 짬뽕으로 점심을 해결했다. 얼큰하니 속이 금세 개운해졌다. 점심을 먹으면서 새로운 다짐을 했다.

▲ 장호항의 풍경

어제와 오늘 각각 20km와 19km 걸었다. 이렇게 걸어서는 언제 도착할지 모를 지경이었다. 내일부터는 최소한 25km 이상은 걸어야 할 것이다. 나는 여러 번 다짐하고 잠자리에 들었다. 다시 비가 내리는 소리가 들렸다. 나는 정말 비의 사나이인가 보다. 가도 가도 비가 나를 따라다닌다. 이제 비에서 벗어나고 싶다.

[오늘 걸은 코스]

31코스 공양왕릉 입구에서 덕산해변 입구까지 9.8km(재동 소공원) 중 하맹방해변에서 덕산해변까지 2km 추가한 11.8km

30코스 절터골에서 공양왕릉 입구까지 14.7km(문암해변) 중 장호항에서 절터골까지 5km 제외한 9.7km를 포함한 전체 21.5km

DAY 12 갈남항의 아침햇살

2014.10.23

날씨 무척이나 맑음

오늘은 발걸음이 무척이나 가볍고 경쾌하다. 아마도 3일간의 비바람에 질려 버렸었는데, 이제는 비가 오지 않아서 인지도 모르겠다. 어제까지 내리던 비도 맑고 정말 화창한 날씨다. 6시 35분쯤 되어 숙소인 '해마루 펜션'을 나섰다. 삼척로인 지방도를 따라 걷는 길이 많이 피곤한데도 바다를 보면서 걷는 길이 좋다.

20여 분만에 도착한 갈남항이 보인다. 갈남항은 무척이나 조용하고 아담한 항구라 마음에 쏙 든다. 길남항에서 막 떠오르는 태양을 보며 천천히 걸었다. 동해의 태양은 매일 보는데도 그때마다 다른 것 같다. 시간과 장소 그리고 방향에 따라 태양이 아침마다, 제각각의 모습으로 떠오른다. 다시 봐도 신기할 따름이다.

갈남마을을 지나 해신당(海神堂) 공원 입구에 도착하여 들어가 보려고 했지만 9시에야 개관한다고 한다. 할 수 없이 수박 겉핥기식으로밖에서 보기로 한다. 해신당 공원을 지나오면서 내내 아쉬워하지만 어쩔 수 없는 현실이다. 대신 길을 가면서 줌으로 당겨서 몇 컷 찍어본다. 디지털 카메라지만 그래도 줌이 꽤 멀리까지 당겨진다. 겨우 몇 컷 건졌다. 해신당공원이 있는 마을 바로 신남마을이다.

▲갈남마을의 일출 모습

해신당(海神堂) 공원은 강원도 삼척시 원덕읍 갈남리 신남마을에 있는 남근숭배의 민속을 주제로 조성된 테마공원이다. 해신당과 남근조각공원, 삼척 어촌민속전시관 등으로 이루어져 있다.

옛날 신남마을에 '애랑'이라는 처녀가 해변에서 조금 떨어진 애바위에서 해초를 캐다가 갑자기 거세진 풍랑으로 인하여 바다에 빠져 죽었다. 그 뒤로 고기가 잡히지 않자 나무로 남근모형을 깎아 처녀의 원혼을 달랬다고 하는 애바위 전설이 전해지고 있다. 이후 해신당이 지어졌고, 지금도 음력 정월 대보름과 10월 오일(午日)에 제사를 지내는 풍습이 전해지고 있다고 한다.

2002년에는 7월 해신당을 중심으로 남근 조각공원을 조성하여 해신당 공원을 개장했다. 남근 조각공원에는 남근 조각 경연대회를 통하여 제작된 작품 등 국내외 조각가들의 65점이 전시되어 있다. 좀 보기 민망했지만, 신기한 콘셉트의 조각공원인 것 같다.

더불어 찾아간 삼척 어촌민속전시관은 관람 시간이 오전 9시에서 오후 6시까지로, 2002년 10월 개관했다. 첨단 IT 기술을 접목한 대형 영상 수족관, 동해안 어민의 생활문화 자료, 시뮬레이터를 이용한 배 체험 코너, 세계 각국의 성 민속 등을 전시하는 5개의 전시실과 전망대 등을 갖추고 있어 가족끼리 들리면 좋을 것 같았다.

신남마을을 지나 지방도를 따라 걷자니, 대형 공사 차량이 너무 과속으로 달려서 걷기가 무서울 정도다. 도로는 좁아서 걷기도 힘든 데다 공사 차량이 전속력으로 달리니 아찔하다. 덤프트럭이 지나갈 때면 가만히 도로변에서 지나가기를 기다렸다가 걷기를 반복한다.

임원마을이 가까워지자 '수로부인 헌화공원'이 나온다고 한다. 가서 다시 돌아 나오면 5km 이상을 더 걸어야 할 것 같다. 포기하고 계속 걸어 도착한 곳이 임원항으로 제법 큰 마을이다. 임원항을 지나 내려오는 길에 10여 명이 자전거를 타고 지나간다. 젊은이들답다. 함께 파이팅을 외치고 나니 나도 금세 젊어진 것 같았다.

임원에서 원덕까지 내내 차도로 걸어 너무 지겨웠다. 또 지겨운 것도 지겨운 것이지만 대형 차량의 질주가 계속되어 무섭기도 했다. 무사히 이 길을 벗어나기를 기대하면서 열심히 걸었다.

옥원 소공원을 지나서 원덕읍에 도착했다. 마트에 들러 사과와 김치,

햇반을 사고 약국에 들러 밴드와 파스를 샀다.

약국에서 맛집을 물었더니, 가까운 곳에 있단다. 하지만 찾지 못했다. 터덜터덜 걸어가는데 기사식당이 눈에 들어왔다. 오랜만에 청국장으로 맛있는 점심을 먹었다. 역시 생선회만 먹다가 청국장을 먹으니 힘이 나는 것 같았다. 기분도 훨씬 좋아졌다.

가곡천의 월천교를 지나니 길고 긴 도로가 연속된다. 월천1리 마을을 지나 수로부인 길로 접어들어야 함에도 표지판을 찾지 못해 지나쳤다. 다시 돌아와서 살펴보니 산으로 가는 입구에 잡초에 파묻힌 수로부인 길과 해파랑길 표지판이 있다.

이 길은 입구를 찾기도 힘들었지만 일단 길 자체가 너무 험했다. 길이 다 끊어지고 잡초가 무성한 산길이랄까. 영 힘들고 어려운 코스였다. 아침에는 도로변을, 오후에는 길도 없는 산길을 걷다니 오늘은 아무래도 진짜 고난의 날인 것 같다.

그렇게 힘들게 산을 넘어 고포항에 도착했다. 그런데 강원도인 줄로만 알았던 곳에서 경상도 말씨가 들렸다. 아닌 게 아니라, 그곳은 경상북도 울진군 북면 나곡리 고포마을이었다. 1963년 1월 11일부로 울진군의 일부가 강원도에서 경상북도로 편입되었다고 한다. 강원도보다는 경상북도가 생활권이라는 이유로 조정되었다는데, 그 이후로도 전국의 행정구역이 생활권 위주로 많이 편입되었단다. 공무원이었던 입장에서, 대한민국 행정이 탁상행정에서 국민의 편의를 위한 행정으로 점점 변해가고 있는 것 같아 마음이 뿌듯하다.

그렇게 울진북로로 접어들어 나곡리로 향해 내려오고 있는데 이번에는 젊은 청년이 혼자 자전거를 타고 국토 종주를 한다고 한다. 대단한 일

▲월천교에서 본 가곡천

이다. 자전거 뒤에 깃발을 달고 낑낑거리며 끌고 올라오고 있다.

신기하여 말을 걸자, 청년이 반갑게 인사를 건넸다. 일면식도 없는 사람들이 이 길 위에 있다는 이유만으로 대동단결이 되니 신기했다. 청년은 나에게 어디서 와서 어디로 가냐며 질문을 마구 쏟아낸다. 청년이나 나나 이 와중에 사람이 그리운 건 마찬가지인 것 같았다.

그런데 내가 강원도 고성의 통일전망대에서 부산 오륙도까지 걸어가는 중이라고 말하자 청년이 깜짝 놀란다. 자신도 부산에서 통일전망대까지 자전거로 종단하는 중이라는 것이다. 야호! 나와 같은 마음을 나눌 수 있는 친구를 만나다니. 기분이 너무나 뿌듯했다. 그렇게 나와 청년은 서로 힘내자며 파이팅을 외치고 헤어졌다. 도보여행을 하다 보면 우연한 곳에서 우연히 만나는 사람이 있다. 짧은 만남이지만 반갑기 그지없었다.

이제는 오늘 묵을 곳을 찾으러 다녔다. 숙소라고는 눈을 씻고도 보이지 않아 계속해서 걸었다. 그렇게 걸어가다 보니 부구항까지 가서야 겨우 펜션이 보였다. 무려 한 박에 17만 원이다. 그것도 비수기라서 깎아준 거란다, 이런.

하는 수 없이 멀리까지 가서 'MU 모텔'에서 45,000원으로 하룻밤 묵묵기로 했다. 저녁에는 된장찌개를 맛있게 먹고, 오는 길에 내일 아침용으로 슈퍼에서 빵과 우유를 사 들고 왔다. 내일을 위해 준비를 하고는 일찍 잠자리에 들었다.

[오늘 걸은 코스]

29코스　호산 버스터미널에서 절터 골까지 9.7km(옥원 소공원)

28코스　부구 삼거리에서 호산 버스터미널까지 12.6km(고포항, 호산해변)까지 전체 22.3km

DAY 13 울진 원자력발전소

2014. 10. 24. 목요일

오늘도 변함없이 날씨는 맑다

6시 17분에 부구항을 출발했다. 부구 삼거리를 지나 부구천의 부구교를 지나니 원자력발전소가 나온다. 그러고 보니 신화마을 앞에 발전소를 반대하는 현수막이 온 동네 걸려 있다. 원자력발전소가 핵심 논점이 된 것 같다. 폐기하자니 전력이 부족하고 그렇다고 유지하자니 원자력발전소가 주민들의 안전을 위협하니 그야말로 계륵이다. 특히 2011년 3월 11일 일본의 후쿠시마(福島) 원전 사고가 발생하면서 원자력발전소의 안전 문제가 더욱 대두되고 있는 것 같다.

정치권에서도 한창 안전이 우선이다, 그보다 전력생산이 우선이다, 하며 갑론을박하는 것을 보면 정답은 없는 것 같다. 개인적인 생각은 안전이 우선이 아닌가 생각한다. 모든 정치나 사회가 사람이 우선이 되는 것이 마땅하다는 생각이다.

지방도인 울진북로를 따라 계속 이동하다가 고목 2리 앞에서 둑 겸 농로를 이용하여 걸었다. 그렇게 매정교를 지나 계속 시골길을 걸어 후정 2리에 도착했다. 휑하니 논밭에 많이 보이던 농작물이 없다. 늦은 가을이다 보니 추수가 끝나서 그런가 보다.

덕천마을을 옆에 두고 야트막한 산을 넘으니 죽변항이 눈에 들어왔다.

▲ 드라마 '폭풍 속으로' 촬영지인 '어부의 집'. 아름다운 동해와 함께 어울려 한 폭의 그림을 연상케 한다.

죽변마을에 들어서니 출근 시간이었다. 학생들도 가방을 메고 등교하고 있었다. 마을을 가로질러 바닷가로 나갔다. 바다를 옆에 끼고 죽변등대 쪽으로 걸어갔다.

'1박 2일' 촬영지이자 드라마 '폭풍 속으로' 촬영지가 얼마 남지 않았다는 표지판이 나왔다. 가다가 해파랑길 리본이 오른쪽 골목에 붙어 있어 오른쪽으로 골목을 따라 걸었다. 그런데 길이 바닷가로 가지 않고 마을로 향했다. 이상하여 지도 앱을 켜서 보니 방향이 전혀 다른 곳이었다. 재빨리 돌아와서 다시 방향을 잡고 죽변등대로 향했다.

드라마 촬영지를 지나니 푸른 언덕에 파란 바다가 나온다. '어부의 집'은 한 폭의 그림을 연상하게 했다. 예전의 유명 가수가 불렀던 '임과 함께'라는 노랫말에 나올 것 같은 그런 집이었다. 보다 보니 나도 모르게 '저 푸른 초원 위에 그림 같은 집을 짓고….'라고 노래를 흥얼거리고 있었다.

죽변등대로 가는 입구에는 '용의 꿈길'이 있다. 대나무 숲길로 이루어져 있는 것이 꽤 운치가 있다. 죽변 등대 주변의 암벽에는 해국이 활짝 피어 나를 반긴다. 이곳에서 바라본 동해는 깨끗하고 청아하다. 잠시 쉬었다가 길을 나섰다.

죽변항에 오니 아주머니들이 오징어 말리는 작업에 여념이 없다. 참으로 아름다운 우리네 모습이다. 죽변항을 돌아 나오니 후정리 향나무가 서 있었다. 천연기념물 제158호로 지정되어 있다. 삼나무 또는 노송나무로 불리기도 하는 향나무는 향이 강하여 제사 때 피우는 향으로도 사용하고, 정원수나 공원수로도 많이 심는다고 한다.

수령이 약 500년이 된 것으로 추정되는 이 후정리 향나무는 키가 11 m, 둘레가 1.25m라고 한다. 향나무 옆에는 서낭당이 있어 마을 사람들은 신성한 신목(神木)으로 여기고 있다.

지방도인 울진북로를 따라 걸어 초평교를 지날 무렵 오른쪽으로 봉평리 '신라비 기념관'이 있다고 표지판이 나온다. 한번 가볼까 하다가 그냥 좀 쉬는 것이 나을 것 같아 초평교를 지나 봉평해변에서 쉬려고 했다. 그렇지만 쉴만한 곳이 없다.

평범한 길이 계속되고 온양 2리 앞길에서 잠시 휴식을 했다. 그때 속초에서 숙소를 이용하고 같이 지냈던 반가운 친구에게서 전화가 갑자기 왔다. 주문진에 볼일이 있어서 왔다면서 점심이나 같이하자고 한다. 점심시간이 되어 울진읍에서 만나기로 했다.

▲ 죽변항의 500년 된 후정리 향나무

그러고 나서 걷다 보니 연지리마을 입구쯤에서 정신은 놓은 건지 이리저리 헤맸다. 나 자신에게 화가 났다. 강제로 머리라도 식힐 겸 10분간 휴식을 하고 다시 힘차게 걸어 11시 50분경에 울진 연호공원에 도착했다. 연호공원(蓮湖公園)은 이름 그대로 연꽃을 심어놓은 호수 주변을 공원화한 것이다.

호수의 풍경은 꽤 평화롭고 아름다웠다. 그래서 그런지 연호 주변에는 한 젊은 아가씨가 벤치에 벌러덩 누워 자고 있었다. 느긋한 마음에 쉬고 싶은 마음은 잘 알겠지만, 공공질서도 있는데 조금 꼴불견이긴 했다.

연호공원 주변에는 울진 과학 체험관이 있다. 어린이들의 꿈과 희망을 키우기도 좋겠고 연호정이라는 정자도 있어 휴식할 수 있는 공간인 것

▲ 왕피천 생태공원의 모습

같았다. 연호공원에 있는 해파랑 가게를 지날 즈음 친구로부터 전화가 왔다.

울진이 다 되어 간다기에 연호 교차로 밑에서 기다리겠노라고 하고는 천천히 친구를 기다렸다. 12시가 좀 넘으니 친구가 도착했는데 차 뒷자리에 여학생들을 세 명이나 태우고 왔다. "웬 학생이냐?"라고 물으니 친구가 "내 강의를 듣고 있는 대학교 학생들인데, 부산에 시험 치러 간다고 해서 같이 가는 길이다."라고 한다. 참 좋은 친구다.

그렇게 친구와 학생들과 함께 점심을 먹으러 나섰다. 맛집을 검색하여 찾아간 곳은 허름한 식당이었다. 보쌈을 아주 잘 하는 것 같았다. 건물은 허름하지만, 보쌈은 정말 맛있었다. 5명이 정신없이 먹었다. 친구는 나를 보고 영양을 보충해야 한다면서 많이 먹으라고 성화다.

그렇게 맛있게 먹다 보니 시간이 오후 1시 20분이다. 친구는 나를 얼른 연호 교차로에 태워다 주고 다시 갈 길을 간다. 가는 뒷모습을 보며 정말 고마운 친구다 싶은 생각이 절로 들었다. 다시 고개를 들어보니 친구는 이미 떠나가고 남은 길에 나 혼자만 서 있다. 사람이 있다가 없으니 더 적적해지는 것 같다. 고마운 친구여 안녕!

지금부터는 산길로 걷기 시작했다. 역시 산길이 좋은 것이여. 정말 편안하고 좋다. 30여 분을 걸었지만 참으로 기분 좋은 발걸음이었다. 그렇게 남대천(南大川)을 가로지르는 울진대교 옆을 통과했다. 남대천의 하구에 도착했다. 이 남대천은 강원도 양양에 있는 남대천과는 다른 남대천이다. 경상북도 울진군 온정면 백암산 기슭에서 발원하여 동쪽으로 흘러 평해읍 월송리와 직산리 사이를 거쳐 동해로 흘러든다.

울진해변을 끼고 돌아 울진 엑스포공원과 왕피천(王避川) 생태공원 사이로 걸어갔다. 왕피천의 수산교를 지나 왕피천의 하구이자 망양정 앞에서 오늘의 일정을 마무리하기로 마음먹었다. 왕피천의 생태공원은 나무로 만든 덱과 연못이 있고 산책로도 잘 가꾸어 놓았다. 아이들과 함께 즐기기에 딱 좋은 장소인 것 같다.

왕피천은 경상북도 영양군 수비면과 울진군 온정면에 걸쳐 있는 금장산(金藏山, 849m)에서 발원하여 울진군을 지나 동해로 흘러드는 하천이다. 울진군 금강송면 왕피리 부근에서 만들어진 곡류가 통고산 동쪽 사면에서 흘러나온 하천과 합류하여 왕피리 한천 마을에서 만났다 하여 왕피천이라 불렀다 한다. 또한 전설에 의하면 옛날 실직국(悉直國) 왕이 피난 왔다고 해서 마을 이름을 왕피리, 그 하천을 왕피천이라 부르게 되었다고도 한다.

좀 더 걸어 망양정 앞에서 '파랑새 펜션'이라는 곳에서 묵게 되었다. 1층에는 산포 슈퍼와 낚시 가게를 겸하고 있었고 옆에 횟집이 있어 저녁을 먹기에도 좋았다.

[오늘 걸은 코스]

27코스 죽변등대에서 부구 삼거리까지 9.2km(옥계서원 유허 비각)와 수신교에서 망양정까지 2.1km 추가

26코스 수산교에서 죽변등대까지 16.2km(울진엑스포공원, 연호공원, 봉평해변)를 포함하여 전체 27.5km

DAY 14 망양정의 일출

2014. 10. 25. 금요일.

오늘 날씨는 너무 좋다

6시 16분, 숙소 바로 뒤에 있는 망양정(望洋亭)을 먼저 찾았다. 일출을 보기 위해서다. 일출은 6시 40분경이라는데 너무 일찍 출발했나 보다. 높지 않은 곳이라 금방 망양정에 다다랐다. 그래도 30분을 기다려서 망양정에서 보는 일출 또한 명품이었다. 망양정 사이로 떠오르는 동해의 아침 햇살이 나를 기쁘게 한다. 동그랗게 떠오르는 태양은 오랜만에 본 것 같다.

망양정(望洋亭)은 관동팔경의 하나로 기성면 망양리에 처음 건립되었으나, 1471년(성종 2)에 평해 군수 채신보가 현종산 기슭에 옮겨놓았다. 그 후 여섯 번이나 개축하고 증축하여 현재의 자리에 있게 되었다고 한다. 2005년 완전 해체하고 새로 지어 지금에 이르고 있으며, 망양정은 정면 3칸, 측면 2칸 규모의 다 포양식(多包樣式) 건물로, 지붕은 겹처마에 팔작지붕을 이었다. 평면에는 통칸(通間)의 우물마루를 깔았고, 전후좌우에는 계자 난간을 두른 누마루 형식이다.

망양정(望洋亭) 현판은 전임 군수였던 이태영(李台榮)이 썼다. 송강(松江) 정철(鄭澈)의 '관동별곡(關東別曲)', 조선 숙종이 하사한 '관동 제 1루(關東第一樓)'라는 편액(偏額)과 시(詩), 정조의 어제시(御製詩), 정추(

▲ 망양정에서 본 일출

鄭榲)의 시, 심수경(沈守慶)의 시, 이회(林薈)의 시, 박란(朴蘭)의 시, 아계(鵝溪), 이산해(李山海)의 시, 송강(松江) 정철(鄭澈)의 시, 매월당(梅月堂) 김시습(金時習)의 시, '망양정이건상량문(望洋亭移建上樑文)' 등이 정자 안 곳곳에 걸려 있다.

망양정에서의 일출을 보고 해맞이광장으로 갔다. 각종 조형물도 보였다. 말이 해맞이광장이지 일출을 보러 온 사람은 나를 포함해서 3~4명 정도밖에 없었다. 역시 일출은 망양정이 훨씬 나은 것 같다. 해맞이광장을 내려와 해안변으로 이어진 망양정로를 따라 걸었다.

산포 2리 마을에 도착하여 오징어 덕장을 지났다. 아침 햇살과 어우러져 멋지다. 투명한 오징어에 비친 아침 햇살이 더욱더 싱그럽게 보이는

▲ 동해의 일출에 비친 오징어 덕장

것 같았다. 산포 3리 마을 입구에서 바다의 일출과 함께 잠시 쉬었다가 가기로 하고 했다.

가다 보니 촛대바위가 길가에 우뚝하니 버티고 서있었다. 사실 그냥 내가 촛대바위라고 이름을 지어줬다. 너무나 뾰족한 것이 촛대를 닮아서 그렇게 불러봤다. 도로를 만들면서 산과 바위를 도로가 갈라놓아서 그런지 더욱 촛대를 닮은 것 같았다.

진북 2리 마을 입구에서 잠시 쉬었다가 보니 마을 앞바다에서 한 어부가 투망을 던지고 있었다. 가만히 구경하고 있으려니까, 어부는 고기 몇 마리를 잡더니 차를 타고 가버렸다. 물론 필요 없는 고기는 다시 바다에 살려주는 것이었다. 어부는 뒤도 돌아보지 않고 가버렸다. 참 과욕이 없는 어부였다.

▲ 내가 촛대바위라고 이름 붙인 바위

오산 3리 마을의 무릉교 옆에서 쉬었다가 걷는다. 망양정로를 따라 걷다가 오산 2리 마을을 지나고 있었다. 그때 전화가 왔다. 이번에는 오래 전 같이 근무하던 직장동료였다.

"형님! 지금 어디쯤 계십니까? 지금 영덕에 있는데 따로 필요한 건 없습니까?"
"조금 더 걸으면 망양휴게소에 도착할 것 같다. 거기서 보자. 그리고 혼자 다니니까 셀카봉이 있으면 참 좋겠다."

그렇게 말해주고 나서도 처음에는 반신반의했다. 말이 그렇지 설마 여기까지 올까 싶어서 말이다. 그리고 잠시 7번 국도를 걷는가 싶더니 망양 휴게소에 도착했다.

지난여름에 가족들과 여기서 쉬었다 갔던 기억이 났다. 추억을 되씹으며 기다리고 있다. 그런데 조금 있으려니까 동료가 멀리서 손을 흔들며 "형님!!" 하고 큰 소리로 부르는 것이었다. 진짜 올 줄이야! 이렇게 고마울 데가 있나. 반가워서 인사도 제대로 하지도 못하고 이런저런 이야기 꽃을 피웠다. 옛 동료는 셀카봉을 못 찾아서 못 사왔다며 미안해했다. 마음만이라도 얼마나 고마운지. 살뜰히 챙겨주는 동료의 마음에 감동하고 말았다. 나는 괜찮다고 하고는 점심은 여기서 먹을 만한 곳이 없으니 터미널에서 보자고 하고는 다시 헤어졌다. 선글라스 코가 부러져서 수리도 할 참에 반가운 동료와 식사를 할 요량이었다.

터미널까지 거리는 6km 정도라 처음에는 약 2시간 정도면 충분할 거라고 예상했다. 그러나 직접 걸어보니 8km가 훨씬 넘는 거리였다. 계산 착오였다. 열심히 걸었다. 동해안변에는 군데군데 오징어를 말리는 풍경이 많이 보였다. 여기까지 찾아준 동료가 고마워서 가는 길에 반건조 오징어(피데기)를 한 축 사서 배낭에 매달고는 다시 걸었다.

기성 망양해변을 지나고 목적지가 빤히 보였다. 경지 정리된 들판을 가려고 하니 더 멀고도 먼 것 같다. 꾸불꾸불한 길은 그래도 지겹지 않게 걸을 수 있는데 이렇게 직선으로 된 길은 가도 가도 끝이 없어 무척 지겹게 느껴진다.

시간이 되어도 내가 보이지 않자 동료는 계속 어디쯤 오고 있냐며 전화를 한다. 12시가 조금 지나서 약속장소에 겨우 도착했다. 동료는 기성 파출소 앞에 도착하자마자 기다리고 있다가 나를 차에 태우고 후포항으로 갔다. 가면서 동료는 대게를 사주겠다고 했다. 철이 아닌 것을 알기에 극구 사양했지만, 꼭 사주고 싶단다. 하지만, 식당에서 하는 말이 요즈음 나오는 것은 북한산이나 수입품이란다. 대신에 가자미조림을 맛있게 먹었다. 내가 오징어를 주니 동료는 오히려 사과와 단감, 육포 등을 사서 가방에 넣어 주었다. 정말이지 감사할 따름이다. 차를 타고 다시 기성 파출소 앞까지 와서 헤어졌다. 또 한 번 객지에서 만난 옛 동료에게 감사함을 느끼며 다시 걷기 시작했다.

길이 아마도 여름 장마 때 다 쓸려갔나 보다. 걷기가 참 힘들었다. 봉산 1리 마을에 도착하니 2시 반을 훨씬 넘겨서 백사장 펜션이 보였다. 겨우 가서 문의하니 예약이 끝나고 없다고 한다.

할 수 없이 구산항으로 걸어갔다. 그러나 구산항에도 마땅하게 묵을 곳이 없었다. 왜 이렇게 방이 없는 것일까? 숙소를 찾아 헤매다 겨우 찾은 모텔에서 묵기로 했다. 얼른 빨래를 널어놓고 나서 주인에게 성수기도 아닌데 왜 방이 없냐고 물었더니 공사장 인부들이 방을 다 잡고 있어 방이 없다는 것이었다. 그런 변수가 있었을 줄이야.

저녁을 먹고 돌아오면서 주유소에 있는 편의점에 들러 내일 아침거리를 사려고 갔다. 그런데 편의점이 완전 동네 구멍가게 수준이었다. 고를 것도 없어 하는 수 없이 우유와 빵 정도만 사서 들고 돌아왔다.

[오늘 걸은 코스]

25코스 기성 버스터미널에서 수산교까지 23.0km(기성망양해변, 덕신해변, 무릉교) 중 수산교에서 망양정까지 2.1km 제외하고 기성터미널에서 구산항까지 5.5km를 포함하여 전체 26.4km

DAY 15 아름다운 정자, 월송정

2014. 10. 26. 일요일

날씨는 맑음

아침에 일어나니 아직 4시다. 너무 일찍 깨어 다시 잠을 청했는데 일어나니 5시 반이다. 부랴부랴 챙겨서 숙소를 6시 반에서야 나선다. 어제 동네 슈퍼에서 산 것으로 아침을 대신하고 길을 나섰다. 오늘도 어제 후배가 사준 과일들을 무겁게 배낭에 지고 다녀야 할 판이다. 구산해변의 일출이 또 다른 맛의 동해로 나에게 다가온다.

구산해변의 소나무 숲길도 멋있는 풍경이다. 황보천(黃堡川)을 따라 다시 지방도인 기성로 방향으로 나와 군무교(軍舞橋)를 지나 월송정으로 향한다. 입구에서 평해황씨 시조제단원(平海黃氏始祖祭壇院)을 지나간다. 정말 멋지게 제단원을 꾸며 놓았다. 뒤로는 월송 소나무 숲이 펼쳐지는데 장관이다.

월송리 소나무 숲은 '제8회 아름다운 숲 전국대회'에서 네티즌이 선정한 '아름다운 누리상'을 수상한 숲이라고 한다. 나는 월송정((越松亭)의 현판을 보기 전에는 달과 소나무와 관련된 정자인 줄 알았다. 알고 보니 중국 월(越)나라에서 소나무를 가져와 심었다 하여 월송정이라고 한단다. 월송정은 2층으로 된 누각인데, 정말 아름다운 소나무 숲과 바다가 멋지게 어우러져 한 폭의 그림 같은 풍경이 펼쳐지는 곳이다.

▲ 구산해변의 일출

월송정 앞에 도착하니 아침 7시임에도 불구하고 한 무리의 관광객들이 보인다. 서울에서 관광차 온 사람들이었다. 가이드로 보이는 분에게 사진 한 컷을 부탁하여 찍었다. 혼자서 여행을 다니느냐고 물어 보기에 혼자서 통일전망대에서 걸어오고 있다고 하니 주위의 사람들이 손뼉을 치면서 격려해준다. 아름다운 풍경 하나 담아가려 했을 뿐인데, 응원까지 받아가는 것 같아 힘이 한층 솟는다.

월송정을 지나니 갈대가 무성한 늪지대가 보인다. 늪과 소나무 숲 그리고 바다의 묘한 조화가 이루어지는 데다, 하천이 바다와 만나는 하구에는 갈대가 한 폭의 그림을 만들어내고 있었다. 남대천의 하구 또한 마찬가지로 갈대가 참 장관이었다.

직산마을에 도착하니 해안변에서 작은 멸치를 말리고 있었다. 강원도

▲ 울진 바다목장 해상낚시 공원과 푸른 하늘과 바다가 어우러진 풍경

에서는 멸치를 건조하는 것을 거의 보지 못했는데, 울진지역에는 오징어, 작은 멸치 등 건조하는 모습이 자주 보인다. 아마 강원도에서는 태풍의 영향으로 조업을 하지 못해 말릴 어종도 없었을지도 모른다.

명태가 잡히지 않아 명태 건조 덕장은 비어 있는 것 같았다. 해수 온난화로 인하여 한류성 어종이 북쪽으로 모두 떠나기도 하고, 명태의 새끼인 노가리까지 안주로 잡아먹다 보니 명태 씨를 다 말라 버린 결과이다. 그렇게 생각하니 빈 명태 덕장이 더욱더 쓸쓸하게 느껴졌다.

거일 2리 마을에 도착했다. 바다로 쭉 뻗어 있는 교량 같았다. 궁금하여 올라가 봤더니 '울진 바다목장'이라 팻말이 붙어 있다. 울진 바다목장은 한국수산자원공단에서 출입을 관리하고 있는 모양이었는데, 정식 명칭은 '울진 바다목장 해상 낚시 공원' 이었다. 호기심에 직원 분께 무엇을 하는 곳인지 물어보니, 무료로 안전하게 낚시를 할 수 있는 구간이라는 것이다. 수산자원을 관리하는 차원에서 이런 공원을 조성했나보다. 그런데 내가 통일전망대에서 걸어오고 있다고 하니 직원분이 대단하다며 차 한잔하고 가란다. 괜히 으쓱해진다. 이왕 차를 얻어 마신 김에 천천히 쉬고 왔다.

대게로 유명한 울진에서는 대게 조형물을 만났다. 각종 수산물 모형을 집 담장과 현관 등에 붙여 놓았다. 이색적인 모습을 보고 조금 지겨워질 즈음에 후포항에 도착했다.

방파제에는 많은 사람들이 낚시를 하고 있었다. 그중 유독 돋보이는 건 캠핑카였다. 나도 나이를 좀 더 들면 저런 캠핑카를 사서 아내와 함께 팔도유람을 떠나야겠다는 생각이 들었다.

그렇게 캠핑카를 꿈꾸며 걷다 보니 어느새 후포 초등학교 앞에 도착했는데, 무슨 입간판을 세워놓고 사람들이 일사불란하게 조끼를 입고 왔왔다 갔다 하는 것이다. 물어보니 오늘 제12회 전국 울진 트라이애슬론 대회(철인 3종 경기, 수영, 마라톤, 사이클)가 있단다. 아마도 울진군청 직원들 이 동원된 모양이다. 우리나라는 언제까지 이렇게 기관 주도의 행사를 해야 하는 걸까. 이제는 민간 주도의 행사가 되어야 할 텐데. 정부는 지원 또는 보조만 하고 말이다. 아무튼 고생하는 직원들에게 수고하시라는 말을 남긴 채 종종걸음으로 다음 목적지인 후포등대를 향하여 걸어 올라갔다.

밭에서 일하던 농부들이 등산을 어째 이런 야산으로 오냐며 신기해하기에 등산이 아니고 고성 통일전망대에서부터 걸어오는 도보여행 중이라 말해주었다. 아저씨와 아주머니는 깜짝 놀라며 조심해서 가라고 격려해 준다. 많은 사람의 격려가 든든하게 힘이 되어주는 것 같다.

야트막한 야산 위에 등대를 세우고 소공원을 만들어 휴식공간도 겸하고 있는 후포 등대에서 내려오니 드라마 세트장이 있었다. 이렇게 멋진 곳을 귀신같이 알아내다니. 방송사 직원들에게 정말이지 경의를 표하고 싶다.

후포항에 본격적으로 들어서니 오징어 덕장 앞으로 자전거를 탄 선수들이 하나둘 지나가는 것이 보인다. 자전거 경기가 있는 모양이다. 길 한편에서 학생들이 흰색 티를 입고서 응원하고 있다. 나는 학생들에게 괜히 농담으로 말을 걸었다.

"거기만 응원하지 말고 나도 응원 좀 해주세요."

"아저씨는 왜요, 선수도 아닌데?"

"허허 나도 선수 맞아요. 지금 통일전망대에서 부산까지 걸어가는 중이에요. 그러니 나도 선수지……."

"정말요? 우와~~!! 아저씨 대단하시다. 진짜로 파이팅~~!!!"

그러더니 학생들이 사진을 찍어 달라고 한다. 기분이 으쓱하다. 기분 좋게 사진을 찍어주고 계속해서 걸었다. 조금 지나니 어제 동료와 함께 점심 먹었던 식당이 나타난다. 괜히 반가웠다.

'제12회 전국 울진 트라이애슬론대회' 본부까지 왔다. 선수 중에 어른만 있는 것이 아니고 어린아이들도 보였다. 바다에서 수영하고 달리기를 하러 나오는데 아주 어린 꼬마들이다. 아무래도 거리는 성인보다 짧은 모양이었다. 그래도 참 대단하고 기특해 보였다.

여기서부터는 이제 경북 영덕군이다. 먹이를 찾아 헤매는 하이에나처럼 식당을 찾아다녀 보았지만, 금곡마을의 칠보산 도립공원 입구까지 와도 먹을 만한 식당이 없다. '칠보산 휴게소'에 뷔페가 있다기에 먹으러 가려 했으나 길 건너편이라 건너갈 수가 없다. 시간은 벌써 12시를 가리키고 있다. 배는 고프지만 조금 더 가보기로 하고 그냥 통과하기로 했다.

백석마을에 들어서니 다행히도 식당이 여럿 보인다. 이제껏 먹던 회덮밥도 아니고 물회도 아닌 대구탕이 눈에 쏙 들어온다. 혼자 앉아 시원한 대구탕을 먹고는 가슴까지 시원함을 느낀다.

점심을 먹고 고래불해변에서 숙소를 찾기로 했다. 입구부터 모텔이 즐비하게 늘어서 있다. 여러 곳을 찾다 모텔의 절반 수준의 여관으로 정했다. 운이 좋다.

내일을 위한 아침 식사는 역시 빵과 우유까지 준비해 두니 든든하다. 먼 길 떠날 때는 뭐니 해도 배가 불러야 함이다.

[오늘 걸은 코스]

24코스 후포항 입구에서 기성 버스터미널까지 19.8km(후포항, 월송정, 구산항) 중 기성 버스터미널에서 구산항까지 5.5km를 제외

23코스 고래불해변에서 후포항 입구까지 10.1km(백석해변)까지 전체 24.5km

DAY 16 목은 이색 기념관

2014. 10. 27

날씨는 맑은데 바람이 많이 분다.

오늘도 변함없이 6시 17분경에 숙소를 나섰다. 날씨는 맑다. 바람이 조금 세게 부는 것 같다. 고래불해변을 지나갈 무렵 커다란 돌고래 모양의 조형물을 만났다. 지방도로인 고래불로를 따라 인도로 걷는데 바람이 무척이나 세게 불어댄다. 다리가 휘청거릴 정도로 세찬 바람이다.

체감온도가 자꾸 낮아지는 기분이다. 옷깃을 더욱 여미고 걷는다. 도로변에 심어놓은 장미가 인상적이다. 여름꽃인 장미가 늦가을까지 피어있다. 어제까지 울진의 해파랑길과 오늘 영덕의 해파랑길(블루로드)은 관리부터가 엄청나게 다르다. 울진 구역은 그냥 도로를 따라 되어있다면 영덕은 걷기에 적합하게 만들어 놓은 것 같다. 숲길로 잠깐 들어갈 것 같으면 다시 인도로 가고, 또 하구에서 바다를 보다 보면 다시 인도로 가기도 했다. 정말 심심하지 않은 코스였다.

덕천해변에는 소나무 숲에 멋진 조각품들이 있다. 소나무 숲길에서 잠깐 힐링을 하는가 싶더니 다시 인도로 안내한다. 대진항에서는 '괴시리 전통마을'을 향해 도로를 따라 한참을 걸었다.

도로변을 약 2시간 동안 걸어 도착한 곳은 영해읍에 위치한 '괴시리전통마을'이다. 경북 영덕군 영해면에서 동북쪽으로 1km 정도 떨어진 괴

▲ 고래불대교에서 바라본 동해의 일출

시리(槐市里) 전통마을은 고려말 대학자 목은(牧隱) 이색(李穡)의 탄생지이며 영양 남씨 집성촌이기도 하다. 이 마을은 동해로 흘러드는 송천(松川) 주변으로 늪이 많고 마을 북쪽에 호지(濠池)가 있어 호지촌(濠池村)으로 불렸다. 그러다가 목은 이색 선생이 중국 원나라에서 돌아오는 길에 들렀던 중국 구양박사방(歐陽博士坊)의 '괴시마을'과 호지촌이 풍경이 비슷하여 귀국 후에 이름을 괴시마을로 고쳤다고 한다.

구경하다 보니 첫날 고성의 '왕곡전통마을'과 많이 대조된다. 왕곡마을에서는 전통을 살리려 기와집이나 초가집 등 대체로 전통방식대로 지은 집이 많았다. 그러나 '괴시리 전통마을'은 몇몇은 전통방식이었지만 대부분이 벽돌에 지붕은 기와 모양을 한 시멘트나 함석지붕이었다. 별로 감흥이 오지 않았다. 재빨리 '괴시리 전통마을'을 지나 고려 말의 성

▲ 괴시리 전통마을

리학자이자 정치가인 목은 이색을 기리는 '목은 이색 기념관'을 찾았다. '목은 이색 기념관' 은 단아하면서도 고요한 숲속에 자리 잡고 있었다. 마치 목은 이색 선생의 성품과 비슷한 것 같았다. 정원에 있는 단풍나무가 가을이 깊어져 가는 것을 알리고 있었다.

'목은 이색 기념관'을 뒤로하고 옆의 산길로 호젓하게 들어섰다. 경사도 완만하고 걷기에는 정말 좋은 길이다. 사진마을과 해변이 내려다 보이는 곳에 계곡을 가로지르는 구름다리가 놓여있다. 아까는 망일봉(望日峰)이었는데 이번에는 망월봉(望月峰)이다. 두 봉우리를 지나 열심히 걷다 보니 오늘 최고봉인 봉화산(285m)의 봉수대에 도착했다. 봉화산에서 조금 걸어서 저 멀리 축산항이 보이는 곳까지 왔다. 처음으로 산객

▲ 아름다운 축산항의 모습

을 만나니 무척이나 반가웠다. 서로 인사하고는 축산항으로 향한다.

축산항에 도착하니 11시 15분경이다. 이번 여행에서 얻은 큰 경험은 할 수 있을 때 하라는 것이다. 더 가면 또 점심이 늦어질까 봐 근처 식당으로 들어서니 손님이 많은 것으로 보아 맛집인 모양이다. 그러나 밥이 없다고 한다. 겨우 다시 찾은 집이 아이쿠! 또 횟집이다. 동해안을 거쳐 오는 동안 회는 신물이 나도록 먹지 않았던가. 그러나 어쩔 수 없다. 오늘도 또 회덮밥이다. 아마 한동안은 회덮밥을 먹지 않아도 될 성싶다.

소화도 시킬 겸 죽도산 전망대와 축산 등대가 있는 죽도산(78m)에 오르니, 카페 '코난 바다를 품다'가 있다. 커피나 한잔 마시고 갈까 하고 들어 가려고 했더니 영업을 하지 않는다. 발길을 돌리려고 보니 해파랑

▲ 해안초소를 개조한 만든 해파랑길 쉼터

가게다. 죽도산을 내려와 블루로드다리(139m)를 건너니 해파랑길이 참 아름답게 펼쳐진다. 왠지 횡재한 느낌이다.

이제까지는 주로 도로와 인도 그리고 자전거도로를 이용하여 해파랑길을 걸어왔다. 영덕의 축산항을 지나니 옛날 바닷가 순찰로를 해파랑길과 블루로드로 활용하여 걷기도 좋고 경치도 정말 좋았다.

경정해변을 지나면서 제대로 된 걷기 여행을 하는 것 같아 기분이 상쾌하다. 경정 바닷가 옆은 해국이 만발하다. 처음에는 구절초인 줄 알았는데 구절초보다 키가 작고 꽃 색이 더 진한 것 같다.

옛 해안초소를 개조한 해파랑 쉼터에 도착했다. 군인 한 명이 손을 들고 반갑게 맞이한다. 어리둥절하여 다시 보니 군인 모양의 조형물이다. 쉬어갈 수 있는 벤치도 있고 여행객을 위한 시설인 것 같다. 조금 더

가니 젊은 해녀 한 명이 바다에서 올라오고 있다. 이것도 조형물이다. 여기저기 설치된 조형물들이 소소한 재미를 주고 있었다.

오늘은 어디서 묵을까 생각하다가 오보해변에서 묵기로 했다. 성수기가 아니라 손님이 통 없는 것 같다. 혼자서 넓은 방을 다 사용하려니 이리저리 뒹굴어도 보고 정말 좋다. 보일러를 최대한 틀어 방을 따뜻하게 덥혀 놓고, 옷가지를 빨아서 옷과 함께 대자로 누워있으니 세상 부러운 것이 없다.

[오늘 걸은 코스]

22코스 축산항에서 고래불해변까지 16.1km(괴시리 전통마을, 대진항, 덕진해변)

21코스 영덕 해맞이공원에서 축산항까지 12.2km(오보해변, 경정해변) 중 오보해변에서 영덕 해맞이공원까지 1.9km를 제외한 10.3km를 포함하여 전체 26.4km

DAY 17 파란 길, 영덕 블루로드

2014. 10. 28

날씨는 맑은데 파도는 높다.

6시 14분경에 숙소인 송아 펜션을 출발하여 대탄해변을 등지고 20번 국도를 따라 걸었다. 영덕 해맞이공원까지는 전부 해안을 따라 걷는 길이다. 정말 멋진 구간이다. 영덕 해맞이공원에 도착하니 아침 해가 얼굴을 내민다. 창포말 등대는 벌써 대게가 접수해 버렸다.

영덕 풍력발전소를 지나 고불봉으로 가야 한다. 해파랑길 안내판은 좋은 길을 두고 굳이 20번 국도를 따라 내려가서 해맞이공원 편의점에서 산행을 시작하라고 한다. 하여튼 간에 해파랑길의 안내를 받아 산행 초입에 도착했다. 아예 길이 없고 잡초만 무성하다. 어디가 산이고 어디가 길인지 도저히 구별되지 않는다. 아무도 이 길을 가지 않은 모양이다.

해파랑길의 안내대로 한참을 걸었다. 그래도 길 모양새는 있고 길을 다듬은 흔적이 나온다. 길이 좋지 않아 7시 7분에 산행을 시작해서 약 20여 분을 헤맸다. 덕분에 옷에는 도깨비바늘이 빼곡하게 들러붙었고 신발 끈은 다 풀어져 모습이 말이 아니다. 이 길은 폐쇄든 정비든 뭐라도 해야 할 듯하다.

그렇게 포장도로에 올라서니 풍력발전기 돌아가는 소리가 윙윙하고 귓

▲ 대게가 나보다 먼저 집게발로 등대를 접수한 영덕 창포말 등대

전을 때린다. 영덕 풍력발전소를 지나 신재생에너지 전시관도 지나니 해맞이 야영장이 보인다. 해맞이를 이런 곳에서 하는 것도 의미가 있을 듯하다. 임도를 따라 고불봉으로 간다. 8시경에 풍력발전소를 출발하여 9시 반경에 폐기물 처리장을 지나 10시경에 고불봉(235m)에 도착했다. 정상에서 전경을 둘러보고 팔각정에 좀 쉬려고 했더니 웬 남자가 혼자서 독차지하고 누워 있다. 잠시 쉬었다가 다시 강구항으로 간다.

편안한 숲길이 계속 이어진다. 해송 잎이 떨어진 건지 길이 온통 황금빛으로 빛난다. 다른 소나무의 갈비는 적갈색을 띠는 것과 다르게 다른 자태를 뽐내고 있다. 황금빛으로 빛나는 골든 카펫을 밟으며 걸으니 마치 레드카펫 위를 걷는 은막의 스타라도 된 기분이었다.

한참을 그렇게 걸어가니 금진 구름다리가 나온다. 어제 지나왔던 시진

▲ 풍력발전기가 돌아가는 고불봉으로 가는 길

리 구름다리와 비슷한데 색깔만 다른 것 같다. 어제는 붉은색이었는데 오늘은 파란색의 구름다리다. 금진 구름다리를 지나서 잠시 쉬면서 숨을 고른다.

강구항에 도착할 무렵에 사람들이 한두 명씩 보이기 시작한다. 어르신 한 분과 서로 인사하며 지나오니 이번에는 아주머니 한 분이 운동을 열심히 하고 계신다. 아주머니는 피곤할 텐데 조금 쉬었다가 가라더니, 그러고는 "어디서부터 산행을 시작해서 오고 있어요?"라고 묻는다. 산행이 아니라 해파랑길을 걷고 있다고 말하니 신기했는지 꼬치꼬치 물어본다. 그 바람에 10여 분을 소진하고 12시가 훨씬 넘어서야 강구항으로 향한다. 강구항에 도착하여 산행을 마무리한다. 입에 물린 물회로 늦은 점심을 해결했다.

▲ 아름다운 강구항의 모습

가는 곳마다 바닷가를 도니 횟집밖에 보이지 않는다. 집밥이 그리워진다. 슈퍼마켓에서라면, 햇반, 김치 등을 사서 배낭에 넣었다. 슈퍼 주인 아주머니가 파이팅을 외치며, 소시지 몇 개를 덤으로 넣어 주신다. 초면인데도 인정을 베풀어 주는 아주머니께 다시 한번 감사드린다.

나와서 오포해변으로 걸었다. 등은 휘어질 것만 같다. 슈퍼에서 너무 많이 산 것 같다. '삼사해상공원'에 들렀더니 별로 볼 것도 없다. 이리저리 배회하다가 나왔다. 갈 길을 재촉한다. 삼사해상공원을 나서서 조금 걸으니 울진의 바다목장과 비슷한 시설이 눈에 들어온다. 여기는 관리인이 없는 모양이다.

처음에는 구계항에서 숙박하기로 하고 출발했다. 그러나 구계항에는 숙박할 만한 곳이 마땅하게 없었다. 지나치면서 원척항에 있는 펜션에 전화하여 숙박할 수 있는지 알아봤다. 원척항에서 묵기로 예약하고 오후 3시 40분경에 도착했다.

방에 들어가니 커플이 묵기 좋게 꾸며 놓았다. 침대도 커튼으로 예쁘게 꾸며 놓았고 다른 펜션처럼 호실도 1호, 2호가 아닌 내 방은 '블랙엔젤'이었으며 열쇠고리도 곤충을 넣어 압축한 모양이었다. 참으로 신선했다. 저녁은 라면과 햇반으로 해결했다. 항상 그러했듯이 내일을 위하여 일찍 잠자리에 들었다.

[오늘 걸은 코스]

21코스 영덕 해맞이공원에서 축산항까지 12.2km(오보해변, 경정해변) 중 오보해변에서 영덕 해맞이공원까지 1.9km 포함

20코스 강구항에서 영덕 해맞이공원까지 18.8km(고불봉, 풍력발전단지)

19코스 화진 해수욕장에서 강구항까지 15.7km(장사 해수욕장, 구계항, 삼사해상공원) 강구항에서 원척항까지 9.3km 포함 전체 30km

DAY 18 포항제철의 도시, 포항

2014. 10. 29

아주 맑음

드디어 오늘 포항에 진입하는 날이다. 원척항의 숙소에서 6시 20분경에 출발했다. 7번 국도를 따라 걷다가 국도변의 경보 화석 박물관과 마주쳤다. 그러나 길 건너에서 외관만 구경하기로 했다. 이른 아침이라 개관하지도 않았을 뿐더러 국도를 건너가기도 힘들었기 때문이다.

경보 화석박물관(京輔化石博物館)은 경상북도 영덕군 남정면 원척리 267-9에 있는 화석 전문 사립박물관이다. 1996년 6월 26일에 화석 수집가 강해중 씨가 수집한 화석을 지구 역사와 생물 변화를 살펴볼 수 있는 교육 자료로 활용하기 위해 개관하였다고 한다. 국도와 해변을 번갈아 걸었다. 장사해변에 도착하여 다시 7번 국도를 따라 부경1리에 들어서서 해변과 마을을 끼고 다시 걷기 시작했다.

영덕과 포항의 경계인 지경마을에 도착했다. 7시 24분경 영덕군에서 포항시로 접어든다. 밝은 아침 해가 아름다운 동해를 비추니 너무나 아름답다. 아름다운 동해와 숲을 따라 계속 걸었다. 포항은 영덕군과 다르게 해변가 길옆에 페인트로 하얗게 길 표시를 해 놓은 점이 참 특이하다. 바다 이용객들의 편의를 위한 점이 참 좋았다.

영덕에서는 거의 쓰레기를 볼 수가 없었다. 그러나 포항에 들어오니

▲ 지경마을에서 본 동해의 일출

바닷가에 쓰레기더미가 마구 보인다. 비바람으로 쓰레기가 밀려온 것일까. 곧이 어화진 휴게소에 도착했다. 예전에 스트레스를 풀려고 자주 찾았던 곳이다. 나만의 힐링 장소인 곳이었다. 화진 해수욕장도 옆에 보인다. 그렇게 화진해변을 지나 근처 바다솔 캠핑장을 지났다. 자동차에 텐트를 치고 야영을 하는 모습이 참으로 이채롭고 멋있었다. 이런 소나무숲에서 파도 소리를 들으며 자면 스트레스가 확 다 날려갈 것만 같다.

좀 더 길을 걷다 보니 길가에 웬 펜션이 하나 보인다. 이게 짓다가 만 것인지 아니면 다 지은 건지 도저히 분간이 안 가는 건물이다. 가까이 가서 보니 영업 중인 완성된 건물이다. 신기하고 이색적이었다.

그렇게 걷다 보니 화진1리 마을에 도착했다. 바닷가에 '진또배기'라고

▲ 솟대의 모습

도 불리는 솟대가 높이 솟아 있었다. 삼한(三韓)시대 때 신을 모시던 소도(蘇塗)에서 유래한 솟대는 예로부터 축하의 뜻으로 세우는 긴 대이다. 그런 진또배기를 보자니 마음속에서 진또배기 노래가 절로 흘러나온다.

'진또배기'
어촌마을 어귀에 서서 마을에 평안함을 기원하는
진또배기 진또배기 진또배기~
오리 세 마리 솟대에 앉아 물 불 바람을 막아주는
진또배기 진또배기 진또배기~
모진 비바람을 견디며 바다의 심술을 막아주고
말없이 마을을 지켜온
진또배기 진또배기 진또배기

▲ 동해의 멋진 풍경

조사리 간이해변에 들어서자 무심한 안내판은 바닷가를 향한다. 길이 물에 잠겨 도저히 갈 수가 없다. 둘러보니 조그마한 판자로 만든 다리가 보인다. 불안해하며 겨우 건넜다. 조사리마을에는 작은 카페라는 이름의 카페가 하나 있었는데 이름 그대로 정말 앙증맞게 작은 카페였다. 이용해보고 싶었지만 비수기라 영업을 하지 않았다.

조사리 마을을 지나 '국립수산과학원 사료연구센터' 근처 바닷가로 나갔다. 바닷가가 너무 지저분하여 마음이 팍 상했다. 방어리에서 오늘의 두 번째 휴식을 취하고는, 월포해변을 따라 걸었다. 포장도로를 걷다 보니 발도 많이 피곤한 것 같다. 해파랑길이 다시 숲길에서 해변으로 왔다 갔다 하며 나를 안내한다.

이가리에 도착하여 점심을 먹으려니 도저히 식당이 보이지 않았다. 마을의 아주머니에게 물으니 위에 도로변에 가면 식당이 여럿 있다기에 방향을 다시 큰 도로로 잡고 걸었다. 아주머니 말대로 도로변에 '뜨락'이라는 식당이 있었다. 오랜만에 순두부로 점심을 맛있게 먹었다. 매일같이 회덮밥이나 물회를 먹다가 오랜만에 순두부를 먹으니 세상을 다 얻은 기분이다.

그렇게 다시 20번 도로와 해변을 번갈아 가며 걸었다. 1시 25분경이 되니 칠포해변 입구에 도착하였다. 점심을 먹고 나오면서 근처 '자연돌민박'이라는 곳에 예약해 두었다. 원래는 칠포해변까지 가야 한다. 그러나 그쪽에는 숙소가 없어 2km 못 미쳐서 칠포해변 입구에 자리를 잡았다. 곧바로 민박집으로 들어갔다. 민박집이라기보다는 저렴한 펜션의 형태를 띠고 있었다. 대신 내일은 도구해변까지 약 30km를 걸어야 한다.

[오늘 걸은 코스]

18코스 칠포해변에서 화진해변까지 19.4km(오도교, 월포해변) 중 화진해변에서 원척항까지 6.4km 포함

17코스 송도해변에서 칠포해변까지 17.1km(포항여객선터미널, 영일신항만) 중 칠포해변 입구에서 칠포해변까지 2km제외한 전체 23.8km

DAY 19 해상누각, 포항 영일대

2014. 10. 30

맑다가 흐림

아침 6시 14분에 칠포항 입구에 있는 '자연돌담 민박'을 나섰다. 아무리 생각해도 민박집 이름 한 번 근사한 것 같다. 칠포해변에 도착하니 아침 태양이 떠오른다. 이제까지 본 일출의 모습이 아닌 또 다른 모습으로 날을 밝힌다. 오늘의 태양은 구름과 함께 주황색의 물감을 칠한 것 같은 느낌이다.

매일매일 또다시 뜨는 태양을 보며, 내 마음의 변화에 따라 태 태양이 떠오르는 모습이 웃다가 울다가 또는 기울기도 한다. 모든 것이 마음먹기에 달렸다는 진리를 깨닫는다.

칠포해변이 끝날 무렵 멀리 기린 모습을 한 시설물이 눈에 들어온다. 포항항인가보다. 곡강천 위의 교량인 칠포 인도교가 지난 태풍에 휩쓸렸나 조금 주저앉은 모습이다. 곡강천을 따라 하구까지 갔다. 바닷물에 빠진 태양은 갈대와 어우러져서 한 폭의 그림이 된다.

바닷가 백사장으로 들어서니 온갖 쓰레기가 백사장을 점령하고 있다. 성수기가 지나고 나니 관리를 제대로 하지 않는 모양이다. 나보다도 먼저 백사장을 방문한 발자국이 많이 보이는 것으로 봐서 어제 이 길을 지나간 도보 여행자들이 있었나 보다. 영일만 일반 산업단지를 조성 중

▲ 칠포 해변의 일출 모습

인 곳으로 통과한다.

7시 27분경 영일만항으로 들어섰다. 이제부터 포항 시내로 들어선다. 저 멀리 포항 국제 컨테이너 터미널의 크레인이 보인다. 제발 지겨운 공장지대는 없어야 할 텐데. 걱정하며 다시 걷는다. 왼쪽으로 방향을 틀자 우목마을로 접어들면서 포항 바닷가가 펼쳐진다. 죽천마을 입구에서는 재미있는 사찰이 눈에 띈다. '동해사'라는 사찰이다. 다른 사찰과는 다르게 현대식 건물 옥상에 미륵보살 상이 떡하니 버티고 서있다.

죽천리를 지나 완전히 바닷가로 나갔다가 다시 산길로 접어들어 자그마한 고개를 넘으니 환여마을이다. 환여마을 앞에서 바다를 보니 사막의 신기루처럼 바다 한가운데 떠 있는 공장들이 보이기 시작한다. 포스

▲ 한호공원에서 바라본 포항 시내

코인 것 같다. 환호공원을 지나서 오늘 처음으로 휴식을 취해본다.

멀리 포항 시내가 보이고 영일대와 영일대 해수욕장도 보인다. 영일대 앞에 가니 내일 저녁에 큰 행사가 있는 모양이다. 몽골식 텐트가 많이 쳐져 있고 '10월의 마지막 밤 추억 꺼내기'라는 구호가 붙은 애드벌룬이 보인다. 행사장을 뒤로하고 영일대에 들러 둘러보았다. 그리고 보니 내일이 시월의 마지막이다. 이용의 '시월의 마지막 밤'이라는 노래가 생각난다.

영일대 해수욕장(迎日臺 海水浴場)은 도시 내에 있는 몇 안 되는 해수욕장 중에 하나다. 백사장의 길이가 1.7Km, 너비 40~70m에 달한다고 한다. 또한 영일대 해수욕장에는 우리나라 최초의 해상누각인 영일대도 있다. 공업도시라 그런지 조형물 하나하나 전부 공업과 관련된 것처럼 보여 신기했다. 포항 구항에 있는 포항 여객선 터미널을 지나 송도로 접어든다. 송도는 형산강 하구에 있는 섬 아닌 섬이다. 송도는 본래는 형산강 어귀에서 분도(分島)로 통용해온 해안으로, 백사장이 발달한 탓에 사구(砂丘)가 내륙으로 이동하는 것을 방지하기 위하여 인공으로 식수하였다고 한다. 그래서 송림(松林)이 우거진 섬이란 뜻으로 송도라 부르게 되었는데, 현재는 육지화되어 섬의 흔적을 찾을 길이 없다.

11시 40분경에 식당을 찾아 송도에서 먹으려고 하였다. 그러나 식당에 주인이 없어 먹지 못하고 계속 걷게 되었다. 송도를 들어오기 전에 포항의 명물인 죽도시장을 들러서 점심을 먹으려고 하였으나 진행 코스에서 멀리 떨어져 있어 가보지 못하고 말았다.

도시 쪽으로 들어오니 회가 아닌 음식을 먹을 수가 있어 좋다. 포항 운하관 앞에 와서야 멀리 굴국밥집이 눈에 들어온다. 새싹돌솥비빔밥을 맛있게 먹었다. 다시 형산강 둔치를 따라 걸어가니 포항 운하를 설명하는 포항 운하관이 형산강 둔치에 마련되어 있었다.

형산강의 포스코 대교 옆을 지나는 형산교가 보인다. 형산교는 자전거와 도보로 이용할 수 있도록 한 교량이다. 이를 지나니 곧바로 POSCO가 나온다. 포스코(POSCO)는 다들 알다시피 대한민국 대표 기업으로, 열연, 냉연 등의 철강 제품을 생산하는 세계 최상위권의 철강업체다. 포스코 앞을 지나면서 왼편은 포스코 오른편은 현대제철로 일직선으로 뻗은 대로변을 걷는다. 약 40여 분을 걸어야 포스코를 지날 수 있었다. 중간에는 매연 탓에 쉴 곳도 없고 앉아 쉴만한 벤치도 제대로 없다. 정

▲ 특이한 청림동의 포도나무 가로수

말이지 이제까지 걸어오면서 이만큼 지겨운 도로는 낙산대교 이후로 처음인 것 같다. 이번 도보여행 중에 최악의 코스였던 것 같다. 빤히 보이는 데도 길의 끝이 보이지 않는다. 도로가 끝나고 나서야 겨우 잠시 휴식을 취했다.

청림동을 지나오면서 특이한 가로수가 눈에 들어온다. 각종 포도나무로 가로수를 심어놓았다. 휴식도 겸할 수 있게 되어있다. 참 신선하게 다가온다. 알고 보니 이육사 선생의 '청포도'란 시를 이곳에서 쓰게 되었다고 한다. 그래서 포도나무 가로수가 즐비한 것이었다. 청림동을 지나니 일월동(日月洞)이 나온다. 일월동의 지명 유래가 재미있다. '연오랑과 세오녀'의 전설과 관련 있는 곳으로 해와 달을 가장 먼저 볼 수 있다고 해서 일월동이라 한다고 한다.

무슨 훈련을 하는지 해병부대에서 장갑차와 각종 군대 차량이 쏟아져 나왔다. 하늘에는 헬기가 순찰하듯이 빙빙 돌고 있다. 헬기 구경을 하다가 도구해변 입구에 도착했다. '용궁모텔'에 여장을 풀고 간식거리를 조금 샀다. 저녁과 아침은 모텔 옆에 있는 현장식당(건설 현장 일용인부들이 이용하는 식당)에서 먹기로 했다. 갔더니 5,000원 뷔페로 푸짐하게 먹을 수 있고 밥도 참 맛이 있었다.

[오늘 걸은 코스]

17코스 송도해변에서 칠포해변까지 17.1km(포항여객선터미널, 영일 신항만) 중 칠포리 입구에서 칠포 해변까지 2km 포함

16코스 송도해변에서 도구해변까지 11.6km를 포함한 전체 28.9km

DAY 20 호랑이의 꼬리, 호미곶

2014. 10. 31.

흐리다가 7시 지나서 비가 많이 내림

아침 일찍 일어나 어제 먹은 오천원짜리 뷔페에서 맛있는 아침을 먹었다. 주인아주머니는 든든히 먹고 가야 한다며 이것저것 자꾸 챙겨주신다. 인심이 넉넉한 아침이다. 6시 30분경에 도구해변으로 향한다.

아직 비는 내리지 않지만, 잔뜩 찌푸린 날씨다. 도구해변에 도착하니 여기도 솟대를 많이도 만들어놓았다. 바닷가 곳곳에 솟대가 많이 보였다. 길을 확인해보니 '연오랑과 세오녀 감사 둘레길'이라는 길과 해파랑길이 겹친다. 또 같이 가는가 보다.

약전리를 지나니 비가 한 방울씩 오락가락하여 있다. 잠시 고민에 빠졌다. 그냥 929번 지방도(호미로)를 따라 걸을까. 아니면, 정석대로 연오랑·세오녀 감사 둘레길인 산길로 가야 할까. 한참을 망설이다가 아직 비가 오지 않으니 산길을 택하여 걷기로 했다. 처음 시작은 길이 참 좋아 걷기에 좋았다. 하지만 조금 뒤에 비가 많이 내려서 우의를 갈아입었다. 그런데 이상하게 앞이 침침했다. 비로 인하여 어두운가 보다 했는데 이런, 우의를 입으면서 안경을 벗어 놓고 그냥 와버렸다. 다시 내려가서 안경을 찾으니 보이질 않는다. 비는 계속 오는데 그 와중에 맨눈으로 풀섶에서 안경을 찾으려 하니 마음이 다급해진다. 안경은 보이지 않고 비는 자꾸 하염없이 내린다. 겨우 풀섶에 떨어진 안경을 찾아 쓰고 능선을 오른다.

비가 계속하여 내리니 사진도 찍지 못하고 마땅하게 쉴 곳도 없다. 처음에는 호미곶을 지나서 숙소를 잡으려고 했지만, 당최 쉴 수가 없으니 이것 참 야단났다. 한참을 가니 동산공원묘원 뒷길로 접어든다. 임도를 따라 무작정 표지판만 보고 걷는 중이다. 비가 와서 앞을 제대로 볼 수도 없다. 호미곶 가는 표지판만 보고 걷는다.

그러다가 홍환 보건소로 가는 길과 호미곶으로 가는 길의 삼거리에서 잠시 고민했다. 정상적인 코스는 홍환 보건소로 갔다가 다시 올라와서 호미곶으로 가야 한다. 그러나 어차피 호미곶 가는 길과 홍환 보건소에 갔다 오는 길은 가다가 도중에 만날 것으로 생각했다. 그래서 나는 홍환 보건소 방향으로 조금 가다가 다시 올라와서 호미곶 가는 길로 잡아 계속 임도로 걷기로 했다. 가도 가도 쉴 정자가 없다. 비는 계속 내린다. 가다 보니 역시 내 예상이 맞았다. 홍환 보건소로 갔던 길은 다시 내가 가던 길과 중간에서 만났다.

11시 반쯤 되니 비가 약간 주춤하다. 잠시 핸드폰 배터리도 교환하고 잠시 쉬어갔다. 오늘 6시 반에 출발하여 5시간 만에 첫 휴식이다. 그마저도 제대로 쉬지도 못하고 다시 대보저수지 방향으로 길을 잡아 걷는다. 큰 요양 시설을 짓나 보다. 한창 공사 중이다. 대보저수지를 지나 호미곶 방향으로 계속 걷는다.

처음으로 정자가 나오기에 잠시 쉬면서 간식이나 먹을까 생각했다. 그런데 산 위의 부대에서 알아듣지도 못하는 말로 방송을 해댄다. 자세히 들어보니 비가 오니 산행은 위험하다고 입산하지 말라는 방송이다. 나

▲ 새천년 기념관

는 산속에서 내려오고 있는데. 거기다가 알아듣지도 못하는 영어로도 방송해댄다. 오래간만에 정자를 만나 좀 쉬려고 했더니 사람 참 쉬지도 못하게 한다. 투덜거리며 일어나서 다시 걷는다.

오늘은 할 수 없이 호미곶에서 여장을 풀었다. 호미곶이 있는 대보2리 마을로 접어드니 새천년기념관이 눈에 들어온다. 사진 한 장 찍어주고 1시 정도 되어서야 식당을 찾아 점심을 시켰다. 황태해장국을 시켰다. 세상에, 좋은 재료로 이런 맛을 내는 사람이 식당을 하다니.

눈에 들어오는 것이 콘도형 모텔이다. 숙박비는 30,000원이다. 이쯤이면 아주 저렴하다. 짐을 챙겨 놓고 바깥 구경을 나왔다.

[오늘 걸은 코스]

16코스 홍환보건소에서 송도해변까지 23.4km(도구해변, 화신식물원, 포스코 역 역사박물관) 송도해변에서 도구해변까지 11.6km 제외

15코스 호미곶에서 홍환보건소까지 14.4km(대보저수지) 전체 26.2km

DAY 21 과메기의 천국, 구룡포

2014. 11. 01.

출발 때는 비가 조금 뿌리다가 곧 그침

호미곶은 한반도의 꼬리 부분인 경북 포항시 남구 호미곶면 대보리 '장기곶'이라는 명칭이 '호미곶(虎尾串)'으로 공식 변경됐다. '곶'은 바다 쪽으로 길게 내민 부리 모양의 육지를 말하며, 호미곶이란 조선 철종 때 고산자 김정호(古山子 金正浩)의 대동여지도에는 '달배곶(冬乙背串)'으로 표기돼 있다. 일본이 1918년 장기갑으로 바꾸면서 토끼 꼬리로 낮춰 불렀다고 한다. 정부는 1995년 일본식 표기를 바꾼다는 취지에서 장기곶으로 변경했다.

한반도가 토끼 모습을 닮았다는 말은 '고토 분지로'라는 일본 지리학자가 '산맥 체계론'을 교과서에 실으면서 유래되었다. 고토 분지로는 한반도 모양을 연약한 토끼에 비유했는데, 이에 육당 최남선(六堂崔南善)은 여암 신경준(旅庵申景濬)의 '백두대간'을 원용해 산맥체계론을 비판하고고 연해주를 향해 발톱을 세운 채 포효하는 호랑이로 한반도를 그렸다. 이른바 '맹호 형국론'이다.

우리 국토를 호랑이에 비유한 이는 육당에 앞서 조선 명종 때 풍수학학자인 남사고(南師古)가 처음이다. 그의 '산수비경'에는 한반도를 앞발을 치켜든 호랑이 형상으로 기술하고 있다. 그중에서 백두산은 코에 해

▲ 호미곶의 새벽

당하며, 운제산맥 동쪽 끝인 호미곶을 꼬리 부분으로 천하의 명당이라 고 했다. 꼬리 부분이 국운이 상승하는 명당인 이유는 호랑이는 꼬리를 축으로 삼아 달리며 꼬리로 무리를 지휘하기 때문이다.

지금은 한반도에서 가장 먼저 해가 뜨는 곳이라 하여 일출을 보기 위하여 많은 사람이 찾는 일출 관광명소다. 민족이 화합하고 통일조국의 번영과 안녕을 기원하는 뜻에서 2009년 개관한 새천년기념관을 비롯하여 많은 조형물이 '호미곶 해맞이광장'에 조성되어 있다. 그중에 대표적인 것이 '호랑이가 포효하는 한반도 모형', '한반도 모형', '천년의 불', '연오랑과 세오녀의 전설'을 형상화한 조형물과 '전국 최대의 가마솥'이다.

마지막으로 호미곶 등대를 외면할 수가 없다. 보기에도 아름다운 이

등대에도 역사적 아픔이 담겨 있다. 철근을 전혀 사용하지 않고 벽돌로만 쌓았다는 이 등대는 1908년 12월에 준공되었으며 1907년 일본선박이 이 근처 암초에 부딪혀 침몰하였는데, 조선 이 연안에 해난 시설을 갖추지 않아 일어난 인재라며 손해배상을 요구하는 등 생트집을 잡았다고 한다. 이에 못 이긴 조정은 국비로 일본인에게 공사를 맡겨 등대를 세우게 했다고 한다.

높이 26.4m에 팔각형의 등대는 내부가 6층으로 되어있고 각층의 천장마다 조선 왕실의 상징 무늬인 배꽃 모양의 문장이 장식되어 있다고 한다. 하지만 너무 이른 시간이라 출입문이 잠겨 있어 방문하지 못한 것이 아쉬움으로 남는다. 1985년 2월 7일 개관하여 국립 등대 박물관으으로 명칭을 변경하여 사용해 오다가, 2002년 4월 19일 재개관해 지금까지 이어지고 있다고 한다.

6시 23분경에 숙소를 나오니 아직 어둠이 가시지 않고 안개비만 내리고 있다. '상생의 손'이 있는 해변으로 갔다. 가는 도중에 회사가 부도가 나는 바람에 실직한 안산 아가씨를 만났다. 경주를 들렀다가 고향에 계신 부산에 부모님을 뵙고 다시 올라갈 계획이란다. '상생의 손'으로 가는 길을 묻기에, 나는 나도 그리 가고 있으니 같이 가자고 하였다. 같이 걸으면서 이런저런 얘기를 나눴다. 안개 때문에 걱정했는데 다행히 흐릿하게나마 바다와 '상생의 손'이 보이기 시작했다.

'상생의 손'에서 겨우 인증 사진을 찍고 나오니 빗방울이 굵어진다. 대보리 그린 오토캠핑장 앞을 지나니 해국이 소나무 숲에 만발하여 피어 있는 모습이 장관이다. 강사 2리의 마을까지는 덱으로 걸었다. 이 옆에도 해국이 만발하여 나를 반긴다.

▲ 가을맞이에 바쁜 해국

중간 즈음에는 관암(冠岩)이 있다. 꼭 바위 모습이 관을 쓴 것 같다고 지어진 이름이란다. 석병 2리에 도착하여 잠깐 첫 휴식을 한다. 건물들이 모두 일본식 건물들이다.

구룡포 삼정리에도 주상절리가 있다. 가파른 벼랑길을 내려서야만 제대로 볼 수 있는 주상절리는 다른 지역과는 달리 화산이 폭발할 때 사선으로 분출하면서 형성되어, 용암 폭발지점과 분출장면이 그대로 멈춘 듯, 신기한 모습이다.

전설에 의하면, 신라 진흥왕 때 장기 현령이 늦봄에 각 마을을 순시하다가 지금의 용주리를 지날 때, 갑자기 폭풍우가 몰아치면서 바다에서 용 10마리가 승천하다가 그중 1마리가 떨어져 죽자 바닷물이 붉게 물들

▲ 밀물 때는 제대로 걷지도 못할 것 같은 이런 해파랑길을 걸었다

면서 폭풍우가 그친 일이 있었다고 한다. 그 때문에 9마리의 용이 승천한 포구라 하여 구룡포라 했다고 한다.

구룡포로 접어드니 온통 과메기 천지다. 반건조 오징어(피데기)는 강원도에서 구룡포까지 이어지고 있다. 구룡포에서 대게도 많이 잡히나보다. 대게집이 줄을 섰다. 발에 잡힌 물집 때문에 밴드를 사려고 하니 약국이 보이지 않는다. 구룡포읍의 뒷골목까지 뒤져서 밴드를 2통 샀다. 구룡포읍에서 점심을 먹으려고 했으나, 10시 반밖에 되지 않았다. 조금 가면 식당이 있겠지 하고 걸었는데 웬걸 또 식당이 없다. 역시 먹을 수 있을 때 먹고 쉴 수 있을 때 쉬어야 한다는 진리를 새삼 깨달았다.

가다 보니 '장길리 복합 낚시공원'이 한참 조성 중이었다. 이렇게 바다공원이나 목장을 조성하여 낚시꾼이나 관광객을 유치하려는 모양이다.

모포리해변에 오니 거기에서도 낚시하고 있다. 그런데 낚시꾼이 바다 중간에 서서 낚시하는 것이다. 하도 신기하여 자세히 보니 바위가 끝까지 평평하게 펼쳐져 있는 것이 아닌가. 그것도 모르고 놀란 내가 참 우스웠다.

오늘은 대진항에서 숙소를 찾았다. 운이 좋아 큰 방을 구했다. 뒹굴다가 잠이 들었다.

[오늘 걸은 코스]

14코스 구룡포항에서 호미곶까지 15.3km(구룡포해변)

13코스 양포항에서 구룡포항까지 18.3km(금곡교, 구평포구) 대진항에서 양포항까지 5km를 제외한 13.3km 포함 전체 28.8km

DAY 22 신라 문무대왕을 만나다.

2014. 11. 02

날씨는 참 좋다

어제 대진항에서 숙박 예정이었으나 모포리에서 잤다. 숙소에서 일찍 나서기로 했다. 갈 길이 오늘은 멀다. 봉길리에서 나아해변까지는 길이 만들어지지 않아서 차량으로 이동해야 하는 구간이다.

6시 8분경에 숙소를 나서 대진마을회관으로 접어드니 동네 개들이 합창으로 짖어댄다. 한 마리가 짖으니 온 동네가 야단법석 인가보다. 재빨리 대진리를 벗어난다.

영암 2리 마을에 도착하니 도로변에 국화를 심어 예쁘게 가꾸어 놓아 나그네의 마음을 설레게 한다. 영암 1리 마을과 금곡마을 사이를 나지막한 산길로 안내한다. 짧은 산길이지만 오랜만에 앙증맞은 길을 걸으니 새삼스럽다.

죽하마을에서 신창 1리로 접어들면서 아름다운 풍경이 펼쳐진다. 여기서 일출 사진을 찍어도 참 멋질 것 같은 풍경이다. 금곡교에서 바다 풍경을 보니 피사체에 비친 영상들이 화려하다. 아름다운 바위섬이 눈앞에 펼쳐진다. 신창 바위섬(生水岩)은 포항시 남구 장기면 신창리에 있는 바위다. 보통 바위가 아닌 운치와 낭만이 있는 바위다.

일명 해금강이라고 부르는 아름다운 곳이다. 새해 일출은 장관이며 사

▲ 신창 1리의 일출이 아름다운 바위섬

진 촬영장소로 유명하다.

양포항 입구에는 근린공원이 잘 가꾸어져 있다. 주민들의 휴식공간과 방파제에서 낚시하는 주민들의 쉼터가 되고 있는 것 같았다. 양포항에 들어서니 하늘에 구름이 멋지게 펼쳐진다. 양포항에 정박해 있는 선박들과 묘한 조화를 이룬다. 양포항이 끝날 무렵 다시 뒤돌아보았다. 펼쳐져 있는 풍경을 그대로 두고 떠나기엔 너무나 아쉬웠다.

생각 없이 길을 걷다 보니 또 길을 헤맨다. 그 걷기 싫은 차도를 따라 20여 분을 걸어 계원 2리 마을 입구인 대양수산에서야 해변으로 길을 안내한다. 기분이 나빠지려는 순간 멀리 바닷가에 자그마한 섬 하나가 보인다. 소봉대로 주민들의 휴식처요, 낚시꾼들에게는 낚시터가 되어줄

▲ 양포항의 아름다운 모습

소봉대가 보인다.

소봉대(小峰臺)는 작은 봉수대가 있었던 섬이다. 인근 봉길 봉수대의 전초 역할을 해 왔다는 역사적 기록이 남아있는 곳이기도 하다. 빼어난 해안 경관과 경치가 아름답기로 이름이 높아 예로부터 시인 묵객들의 발길이 끊이지 않았던 곳이라고 한다.

계원 2리 마을을 벗어나자 다시 동해안로로 접어들어 차도로 걷는다. 포항의 두원마을을 지나 10시경에 경주시 오류 4리 연동마을에 도착하였다.

그렇게 지방도와 해안길을 왔다 갔다 하면서 계속 걷는다. 오류해변에서 오류 2리 마을로 가는 길은 야산을 넘어간다. 도중에 그물에 사용하는 밧줄이 길가에 걸려 있다. 감포항으로 들어서는 입구에 송대말 등대가 동해를 바라보고 있다. 불국사의 석가탑을 본뜬 모습이다. 어귀의 소나무 숲이 정겹다.

'새 천국 새 작가 김삿갓'이라는 문구와 함께 가정집에 파란 테이프로 만든 새가 총총하게 서 있다. 참 재미있는 풍경이다. 감포항에 들어서니 안동호라고 쓰인 선박에 각종 깃발이 나부끼는 걸 보아 아마 진수한 지 얼마 되지 않은 새 배인 것 같다.

구경하다 보니 현금이 바닥 난 지 오래라는 것을 깨달았다. 현금도 찾을 겸해서 시내를 배회하다 점심도 해결했다.

감포항을 빠져나오는 해안가에 가자미를 널어 말리고 있다. 지역에 따라 잡히는 고기가 모두 다른 것 같다. 감포항에서 전촌해변으로 가는 길에 표지판이 명확하지 않아 잠시 헤매다가 전촌해변에 도착했다.

나정해변에는 조미미 씨가 노래한 '바다가 육지라면' 노래비가 멋지게 서 있었다. 노랫말처럼 바다가 육지였다면 정말 좋았을 것이다.

봉길해변이 바라보이는 이견대까지는 아름다운 풍광을 구경하다가 이견대를 지나치는 줄도 모르고 해파랑길(삼국통일길)에 접어들어서야 지나친 걸 알았다.

이견대(利見臺)는 경상북도 경주시 감포읍 대본리에 있는 신라 시대의 유적이다. 이는 나정해변에서 감은사 가는 길에 있다.

감은사(感恩寺)는 경상북도 경주시 양북면 용당리에 있었던 절이다. 682년(신문왕 2) 신문왕이 부왕 문무왕의 뜻을 이어 창건하였다고 한다.

사지의 부근인 동해에는 문무왕의 해중릉(海中陵)인 대왕암(大王巖)이

▲ 부왕인 문무왕에게 감사드리기 위하여 신문왕이 창건하였다는 감은사지

있다.

문무왕은 해변에 절을 세워 불력으로 왜구를 격퇴하려 하였으나, 절을 완공하기 전에 위독하게 되었다. 그러자 문무왕은 승려 지의(智義)에게 죽은 후 나라를 지키는 용이 되어 불법을 받들고 나라를 지킬 것을 유언하고 죽었다. 이에 따라 문무왕은 화장된 뒤 동해에 안장되었으며, 신문왕이 부왕의 뜻을 받들어 절을 완공하고 감은사라 명명하였다고 한다.

신문왕은 금당(金堂) 아래에 용혈을 파서 용이 된 문무왕이 해류를 타고 출입할 수 있도록 세심한 배려를 하였다. 뒤에 용이 나타나자 이곳을 이견대라 하였다고 한다. 682년 5월에는 왕이 이견대에서 용으로부

▲ 봉길해변에서 문무왕릉을 배경으로 촬영하고 있는 예멘방송국

터 옥대(玉帶)와 만파식적(萬波息笛)을 만들 대나무를 얻었다는 전설도 전해진다고 한다. 20여 분간 감은사지 뒷산의 길을 걸었다. 넋이 빠진 듯 금당 터와 동탑, 서탑 등을 보며 낙엽이 물들어 가는 산사의 풍경에 빠져든다.

봉길해변으로 가려는데 표지판도 없고 핸드폰의 앱도 엉뚱하게 알려준다. 다시 보니 한창 도로 공사 중이라 헤맸나 보다. 그렇게 봉길해변에 도착했다. 문무대왕릉 쪽으로 가니 아랍 계통으로 보이는 사람들이 촬영을 하고 있었다. 알고 보니 예멘방송국에서 한국 다큐멘터리를 촬영하는 모양이었다. 잠시 촬영 모습을 구경하다 버스가 도착해 나아해변으로 갔다.

빙빙 돌아서 터널을 지나니 오후가 되었다. 숙소를 찾다가 '에이스모텔'

에 도착해 숙박비를 지급하려고 하니 지갑이 없다. 분명히 버스비를 지급한 것까지는 기억이 났다. 그런데 깜빡하고 지갑을 주머니에 넣지 않았나 보다. 모텔 사장님과 시내버스 종점까지 달려갔으나 시내버스는 보이지 않았다. 사장님은 "울산 가는 해운대 고속버스를 타신 모양인데…"라고 말끝을 흐리신다.

결국 다행히 사장님이 여기저기 전화를 하여 내가 탔던 버스기사 전화번호를 알아내 주셨다. 전화하니 지금은 운전 중이라 나중에 답장을 하겠다고 문자가 온다. 조금 있으니 해운대 고속 울산정류소에서 생년월일, 이름을 물어본다. 신원 절차를 확인하고 나니 울산정류소에 와서 찾아가라고 한다. 그래서 울산 사는 친구에게 전화하여 찾아 달라고 하니 쏜살같이 찾아왔다.

친구가 지갑을 되찾으면서 수고료로 30,000원을 주고 왔다고 하기에 수고료를 주려 하니 친구가 애써 사양한다. 그런 친구가 참으로 고마웠다. 친구와 둘이서 저녁을 먹고 친구는 선걸음으로 울산으로 돌아갔다. 모텔에 돌아와서 방값을 지불하고 보니 도와준 사장님이 정말 고마워서 방값을 더 주려고 했다. 그러나 사장님이 쓸데없는 돈 쓰면 안 된다며 극구 사양하신다. 도로 넣으려니 마음이 영 편하지 않다. 도보여행을 하다 보면 정말 정 많고 고마운 사람들이 많다. 사람 냄새 나는 세상임을 다시금 느낀다.

[오늘 걸은 코스]

13코스 양포항에서 구룡포항까지 18.3km(금곡교, 구평포구) 중 대진항에서 양포항까지 5km 추가하여 18km

12코스 감포항에서 양포항까지 13.0km(오류해변, 연동마을)

11코스 나아해변에서 감포항까지 18.9km(봉길해변, 감은사지, 나정해변, 전촌항) 중 나아해변에서 봉길해변까지 6.4km 제외 (버스 탑승)하고 12.5km를 포함하여 전체 30.5km

DAY 23 경주 파도소리길

2014. 11 .03

날씨는 맑은데 바람이 심하여

종료 시까지 바람막이를 벗지 못했음

오늘도 30km를 넘게 걸을 것 같다. 6시 14분경에 조금 일찍 숙소를 나서니 바닷가는 아직도 한밤중이다.

바닷가로 접어들어 얼마 걷지 않아 경주 파도소리길을 만났다. 경주 파도소리길은 읍천항에서 하서항까지 바다를 따라가면서 주상절리를 볼 수 있는 길이다. 제일 먼저 나오는 주상절리는 부채모양이다. 신기한 모습이다. 이제까지 내가 본 주상절리는 대부분 기둥 모양으로 세로로 서 있는 모습이 대부분이었다. 그런데 이 주상절리는 부채모양으로 멋지게 바다 위에 펼쳐져 있다.

마침 동해에서는 붉은 해가 둥실 떠오르는데 부채모양의 주상절리와 태양이 만난다. 너무 멋진 광경이다. 사진 기술도 없는데다 이 멋진 광경을 남기려니 뭔가 좀 부족하다. 기술 부족인가. 하여튼 부채모양 주상절리, 누워있는 주상절리, 서 있는 주상절리 등 많은 주상절리를 보고 나오니 어느새 진리마을 입구다.

양남면 소재지를 지나서 관성해변으로 가기 전에 '시인과 바다' 라는 가게 옆에서 잠시 헷갈려서 길을 잃었다. 여기도 지경마을이 나오는 걸

▲ 부채모양의 특이한 주상절리

보니 아마 울산광역시와 경주시의 경계인가 보다. 8시 28분쯤 되어 울산광역시에 진입하였다. 울산의 신명해변을 지나 강동 화암 주상절리를 봐야 하지만 아름다운 신명해변에 푹 빠져 보지 못하고 바로 길다란 정자해변으로 접어들었다.

곧이어 제전마을에 들어서니 온 동네가 장어뿐이다. 벽화도 장어, 가게도 장어구이뿐이다. 제전마을은 장어마을로 유명한 모양이다. 제전마을부터 강동사랑길이 시작되어 약 1시간가량의 산행이 시작되었다.

정상인 우가산 (까치산, 173m)은 가지 않고 우회한다. 너무 많은 계단으로 인하여 내키지 않았고 코스에서도 약간 비켜있다.

▲ 고즈넉한 울산 정자해변과 솟대

강동 축구장을 지나 당사항에 들어서니 솟대가 그림 속으로 빨려들어 갔는지 벽화가 되어있었다. 물론 바다를 보고 있는 그냥 솟대도 있었다. 바닷가 도보여행을 하다 보니 다양한 모습의 솟대를 참 많이 보는 것 같다. 어느 대중가요의 노랫말처럼 안녕을 지켜주는 솟대인 것 같다.

곧이어 주전해변에 들어서자마자 '솔밭횟집'이 보인다. 또 그 지긋지긋한 회덮밥으로 점심을 해결했다. 주전 몽돌해변을 바라보면서 잠시 휴식을 취한다.

주전해변에 있는 화장실에 들어가니 걸작이 하나 있었다. 아인슈타인이 한 말인 '모든 물질은 결코 빛의 속도를 능가할 수 없습니다'라는 문

▲ 경주 파도소리길에서 만난 오징어 덕장

구와 아인슈타인의 그림이 그려져 있었다. 퀵 서비스 광고를 하면서 말풍선 속에 '웃기지 마라'고 되어 있었다. 빛의 속도보다 더 빠르다는 것을 암시하는 모양인데, 참 재미있는 발상이란 생각이 들었다.

주전봉수대를 넘어 현대중공업을 끼고 걸어 일산해변까지 가야 하는 코스가 남았다. 주전봉수대 입구까지 갔으나 사유지로 입산을 금지한다는 표지가 있고 줄을 쳐서 막아 놓았다. 몇 군데 돌아보면서 입구가 있는지 찾아보았으나 진입로가 없다.

버스로 일산까지 이동하기로 하고 주전가족휴양지 뒤편의 시내버스 정류소에서 50분 동안 버스를 기다렸다. 아무리 기다려도 한참 동안 버스가 오지 않아 멍하니 앉아 있다가 자동차 클랙슨 소리에 깜짝 놀라 돌아보았다. 택시 한 대가 시내 갈 거냐며 묻는다. 에라, 모르겠다.

나는 택시를 당장 잡아타고 일산해변으로 갔다. 택시비가 꽤 들었지만 지나오면서 본 엄청나게 긴 현대중공업 담벼락에 참 잘 선택했다는 생각이 들었다. 심지어 도로도 한참 돌아서 일산해변으로 가게 되어있었으니 말이다. 정말 탁월한 선택이었다.

일단 숙소부터 정해 놓고 뭐라도 해야겠다고 생각하여 가까운 모텔을 찾았다. 너무 이르다고 대실료까지 받아야 한다는 것을 잘 얘기해 숙박비만 내고는 울산에 있는 친구한테 전화했다. 일산해변에 있다 하니 저녁을 함께 먹자며 6시 반경에 놀러 오란다.

친구들이 내가 육류를 좋아하지 않는다는 걸 알고는 주꾸미집으로 초대한다. 친구들이랑 주꾸미를 맛있게 먹으면서 오랜만에 만나 그동안 못다 한 얘기도 나누는 뜻깊은 시간을 보냈다. 그러나 내일을 위하여 일찍 헤어졌다.

[오늘 걸은 코스]

10코스	정자항에서 나아해변까지 13.9km(강동 화암주상절리, 관성해변, 읍천항)
9코스	일산해변에서 정자항까지 19.1km(현대예술공원, 주전봉수대, 주전해변) 중 주전봉수대에서 일산해변까지 7.8km 제외하고 11.3km를 포함하여 전체 25.2km

DAY 24 현대 공화국, 울산

2014. 11. 04

오늘은 어제보다 춥다고 한다.

오늘도 여전히 6시 19분에 숙소를 나섰다. 오늘이 어제보다 춥다고 했으나 바람이 없으니 오히려 더 따뜻한 것 같다. 어제는 종일 재킷을 입었지만 오늘은 더워서 재킷을 벗고 걸었다.

대왕암공원 산책길로 접어드니 아직 일출 전이라 그런지 길이 어두운 편이다. 가끔 한두 명씩 운동과 산책을 겸하는지 몇 명이 보일 뿐 주위는 어둡고 고요하다. 대왕암에서의 일출을 보게 될지는 모르겠다. 실력은 없어도 카메라에 한번 담아보고 싶은 욕심에 분주하게 걷는다. 하지지만 결국은 대왕암까지 가기 직전에 해가 뜨고 말았다. 카메라 실력이 미비하니 오히려 잘 되었노라 괜히 위로하며 걷는다.

울산 대왕암은 경주 양북에 있던 문무왕의 대왕암과는 달리 문무대왕비가 승하하여 용이 되어 대왕암 아래에 들어와 용신이 되었다고 하여 대왕암이라고 한다. 문무왕이 죽어서도 호국의 대룡이 되자 왕비 또한 무심할 수는 없었는지, 문무대왕이 돌아가신 뒤 왕비의 넋도 한 마리의 호국룡이 되어 동해의 한 대암 밑의 용신이 되었다는 것이다. 신기하게 용이 잠겼다는 바위 밑에는 해초가 자라지 않는다고 전해 오고 있다.

대왕암을 지나 성끝마을로 가는 바닷길에 아침 햇살이 너무 아름답다.

▲ 울산 대왕암과 부부송에서 본 동해 일출

성끝마을 앞바다에는 슬도라는 바위섬이 있다. 예전에는 섬이었지만 지금은 성끝마을과 이어져 방파제 역할을 하고 있다.

슬도는 갯바람과 파도가 바위에 부딪칠 때 거문고 소리가 난다하여 슬도(瑟島)라 불린다. 또 바다에서 보면 시루를 엎어놓은 것 같아 시루섬, 혹은 섬 전체가 구멍이 숭숭 뚫린 돌로 덮여 있어 곰보섬이라고도 불리기도 한다. 이 구멍들은 석공조개의 일종인 돌맛조개의 작품으로, 이를 통해 거문고 소리 같은 독특한 소리가 난다. 이러한 슬도의 파도소리는 방어진 12경 중 하나인 슬도명파(瑟島鳴波)라 불린다니, 살면서 꼭 한 번 들음직하다.

▲ 아름다운 슬도의 모습

방어진항으로 들어오니 선창이 활기차게 움직이고 있다. 선창에서 방어진 시내를 지나 본격적인 산행인 화정천 내 숲속 길로 접어든다. 숲속 길은 염포산(203m) 정상을 살짝 비켜서 간다. 약 1시간 반을 걸어서 염포삼거리로 하산하여 성내 삼거리로 진행한다. 본격적인 울산 시내 투어가 시작된다.

지난번 포항에서 포스코 담벼락을 걸었던 것을 생각하면 아찔하다. 어제는 현대중공업을 1시간 이상 걷고, 현대미포조선을 1시간 이상 걷고 나서 다시 현대자동차를 1시간 이상 걸어야 하는 줄 알았다. 그래도 다행인 것은 어제는 현대중공업을 택시를 타고 그냥 지나온 것이다. 오늘은 현대미포조선을 어떻게 지나가나 걱정했는데 염포산으로 둘러서 갈 수 있게 되어 정말이지 신께 감사할 따름이다. 하지만 이제부터 KCC 울산공장과 현대자동차 그리고 현대자동차 선적장을 지나가야 한다. 현대자동차는 공장 건너편 인도를 이용하여 태화강을 끼고 걸으니 포스코보다 덜 무료한 것 같다. 포항은 포스코의 도시고 울산은 현대공화국인 것만 같다. 도로명도 현대그룹의 창립자인 '아산 정주영 회장'의 호를 따서 '아산로'라고 불리고 있었다. 도로의 차량은 70% 이상이 현대자동차인 것 같다. 20%는 기아자동차이고 그나마 나머지 10%가 외제 차량과 대우, 삼성, 쌍용 등으로 구성된 것 같다. 현대가 울산에 미치는 영향은 그야말로 지대하다 할 것이다. 현대가 무너지면 울산도 무너진다고 봐야 할 것이다.

태화강 변에는 강태공들이 세월을 낚는지 물고기를 낚는지 여념이 없다. 강을 따라 강태공들이 줄지어 보인다.

오늘 점심은 번영교를 지나서 먹기로 했다. 12시에 번영교를 지나게 되어 지나자마자 시내로 진입하여 식당을 찾으니 식당이 안 보인다. 어쩌다가 보이는 것이 숯불구이, 오리탕 밖에 없다. 그때 '부대찌개'라는 간판이 눈에 들어온다. 옛날 맛이 날까 싶다. 걱정 반 기대 반으로 들어가니 손님은 3명뿐이다. 1인분도 주문할 수 있냐고 물으니 다행히도 가능하다고 한다. 메뉴판을 보니 다양한 부대찌개가 있기에 나는 그중 김치 부대찌개를 시켰다.

여직원이 늘 그렇듯 나를 보고 등산 갔다 오는 길이냐 묻는다. 나는 고정된 레퍼토리로 "고성의 통일전망대에서 걸어서 오고 있습니다."라고 했더니 "우와! 정말 멋있다."를 연발한다. 괜히 오늘도 기분이 좋아진다. 그 사이에 부대찌개가 나와 맛있게 먹었다. 하지만 옛날 그 부대찌개의

▲ 태화강 십리대숲을 걷는 시민들

맛은 찾아볼 수 없었다.

부대찌개 집을 나와 태화루를 지나서 십리대숲을 유유자적하게 거닐었다. 태화강 십리대숲은 울산광역시 남구 무거동에서 중구 태화동에 있는 대나무밭이다. 대나무밭이 태화강을 따라 4.3km, 즉 십리에 걸쳐 펼쳐져 있다고 해서 '십리대밭'이라고도 부른다고 한다. 본격적으로 대밭이 형성된 곳은 무거동 삼호교부터 태화동 동강병원까지이다. 폭은 20~30m, 전체면적은 약 29만m^2이다. 일본 강점기에 큰 홍수로 인해 태화강변의 전답들이 소실되어 백사장으로 변했을 때, 한 일본인이 헐값에 백사장을 사들여 대밭을 조성했다고 한다. 그 후 주민들이 앞다투어 대나무를 심어 오늘에 이르게 되었다고 한다. 한때 주택지로 개

▲ 태화강변에서 본 태화루와 아파트 숲의 묘한 조화를 이루고 있는 풍경

발될 뻔하였으나 시민들의 반대로 대숲을 보존할 수 있었다. 그 후 간벌작업과 친환경 호안조성 작업, 산책로 조성작업을 벌여 현재는 울산을 대표하는 생태공원이 되었다.

십리대숲에서 나와 태화교로 가니 방류한 연어가 돌아왔다고 난리다. 낚싯대를 드리운 사람도 있고 뜰채를 가지고 잡으려고 덤비는 사람도 있다.

태화강 전망대가 오늘의 종점이다. 태화강 전망대를 지나 SK LPG 대양 제2충전소 앞에서 오늘 일정을 마무리한다. 주변에는 숙소가 없다. 무거동 주민센터 부근의 모텔이 많은 곳까지 택시를 타고 이동하여 '산수유 모텔'에 자리를 잡았다. 저녁은 '좋은 낙지'에서 대구탕을 먹었는데 깔끔하고 맛이 있었다.

나오려는데 주인장이 자주 오라며 말을 건넨다. 내가 동네 사람 같았나 보다. 도보여행을 하고 있음을 얘기했더니 깜짝 놀라며 아래위로 훑어본다. 내가 "왜 그러시나?"라고 했더니 "한 달 걸은 사람 같지가 않고 여기 사는 주민 같은데…."라며 말끝을 흐리며 고개를 갸우뚱거린다. 등산객 소리만 들었는데 이제는 동네 사람이라니. 처음엔 힘들었지만 매일 계속하여 걷다 보니 이제 나도 30km가 동네 산책하듯 편해진 모양이다. 하여튼 잘 먹었노라고 인사를 하고 숙소로 돌아왔다.

[오늘 걸은 코스]

8코스 성내 삼거리에서 일산해변까지 11.7km(문현 삼거리, 방어진항, 대왕암 공원)

7코스 태화강 전망대에서 성내 삼거리까지 18.3km(십리대 숲, 번영교) 전체 30km

DAY 25 울산대공원

2014. 11. 05

날씨는 매우 맑음

오늘은 6시 10분에 숙소를 나왔다. 택시를 타고 어제저녁 마친 태화강 전망대 부근까지 가서 오늘 일정을 시작하기로 했다.

고래전망대를 향하여 산행을 시작하니 6시 21분경이다. 아직 어둠이 채 걷히지 않아 주위가 아주 어두웠다. 그런데도 산책하는 사람들이 하나둘씩 눈에 보인다. 오늘의 해파랑길은 삼호산, 울산대공원, 신선산, 선암 호수공원, 함월산 등 주로 산행으로 안내를 한다. 입구에 걸어가며 고래전망대에서 내려다본 태화강과 십리대숲은 장관이었다. 반짝이는 태화강에 십리대숲이 파란 정점을 찍고 있었다.

적막한 분위기의 솔마루정을 지나니 울산공원묘지가 나온다. 공원묘지 뒤편으로 돌아 삼호산(120m) 정상을 지나자 문수로를 가로질러 지나가는 구름다리며, 산성문 같은 것이 있다. 자세히 보니 솔마루 산성(?)이라 표시되어 있다. 참 재미있는 표현이다 싶다. 산성 앞에는 웬 삿갓을 쓴 도인 한 분이 떡하니 버티고 서있다. 볼수록 신기한 마음이 들었다.

울산대공원은 정말 산책코스로는 좋은 코스였다. 도심의 한가운데서 소나무 향기를 맡으며 이렇게 걸을 수 있는 데가 과연 몇 군데나 될까? 또 중간 중간에는 숲속의 작은 도서관이 마련되어 있어 솔향기를 맡으

▲ 울산대공원의 도로 위를 가로질러 공원과 연결해주는 솔마루 하늘길

며 독서 삼매경에 빠져들기 참 좋은 길이다.

울산대공원은 1960년 이후 중화학공업을 위주로 한 공업도시로서의 울산의 이미지는 '성장'이라는 긍정적인 면이 있는 반면에 '공해도시' 그리고 '삶의 질이 열악한 도시'라는 부정적인 측면이 더 드러나기 시작하였다고 한다.

1986년부터 대공원 조성을 추진해 오던 울산광역시가 556억원을 투자하여 울산광역시 남구 공업탑 로터리 주변 신정동과 옥동 일대 364만여 $3m^2$의 부지를 매입하여 제공하였고, SK 주식회사는 1996년부터 2005년까지 10년 동안 총 1,020억 원을 투자하여 울산대공원 시설을 조성한

▲ 울산대공원 곳곳에 있는 감성 풍부한 작은 숲속 도서관

후 이를 울산광역시에 무상 기부하여 탄생하게 되었다고 한다. 산책로와 자전거도로 등과 워터파크, 수영장, 테마공원 등이 있어 가족 단위의 나들이도 좋고 산책하기도 좋은 도심 속 공원이다.

그렇게 2시간 20여 분을 걷고 나니 선암호수공원이 나타난다. 시민들이 정말 많이 찾는 호수공원 같은데 나에게는 별 흥미가 없는 코스였던 것 같다. 하지만 가족과 함께 찾는 테마공원으로는 아주 좋은 것 같다.

선암호수공원(仙岩湖水公園)은 처음에는 농사를 목적으로 만들어진 선암제라는 저수지였다. 울산이 공업화되어가면서 공업용수가 늘어나기 시작하자 선암제를 확장하게 되었고, 철조망으로 오갈 수 없었던 선암제 일대가 사계절의 아름다움을 간직한 현재의 선암호수 공원으로 거듭나게 되었다고 한다. 지압보도, 덱 광장, 탐방로, 장미터널 등의 산책로와 야생화단지, 꽃 단지, 생태습지, 연꽃 군락지 등 자연 탐방지가 있고 레포츠 시설로는 인조 잔디 축구장, 우레탄 족구장, 서바이벌 게임장, 모험시설, 소풍 잔디광장 등이 있다.

선암호수공원을 지나니 다시 함월산을 넘어야 한다. 그렇게 높지 않은 산이지만 완전히 하산하였다가 다시 산행을 시작하려니 안 그래도 가파른 함월산이 무척 힘들다. 함월산을 넘어서니 바로 덕하역이 보인다. 덕하역은 조그만 정감 있는 모습의 조그마한 시골 간이역이다.

청량운동장 옆으로 넘어골로 안내를 한다. 포스코 건설에서 동해 남부선인지 무슨 도로개설 공사를 하는 모양이다. 나무도 베어내고 중장비 소리도 요란하다. 그래도 도로를 따라 걸어가 보려 했더니 도로도 산길도 없고 리본도 없다. 혼자서 이리저리 아무리 돌아봐도 길이 없다. 낭패다. 돌아갈 수도 없다. 하는 수 없이 앞으로 계속 걸으면서 주위 표지판이나 리본이 있는지 살피면서 갔다. 도저히 안 되겠다 싶어 앱으로 없는 길을 겨우 찾아 넘어골을 넘어가니 그제야 임도가 나온다. 살았다 싶었는데 이번에는 온몸에 도깨비바늘과 쇠무릎의 열매가 고슴도치처럼 박혀 있다. 어쩔 수 없이 도로변에 앉아 도깨비바늘과 쇠무릎의 열매를 일일이 떼어 냈다. 참 고단한 하루다.

오늘 점심은 우진 휴게소에서 먹으려고 14번 국도를 따라 걷는다. 회야강의 동천1교를 지나니 맨발로 배낭을 메고 걸어오는 사람이 있었다. 나도 모르게 그 사람을 멍하니 쳐다봤다. 참 대단한 사람이다. 세상에, 맨발로 여행을 다니다니.

휴게소 가기 전에 '푸짐한 밥상'이라는 식당이 나와 들어갔다. 아마도

▲ 외고산 옹기마을의 풍경

주위의 인부들을 상대로 영업하는 것 같았다. 가정식 전문인데 가격도 저렴(6,000원)하고 오랜만에 정말 맛있게 먹었다. 영양 보충도 되고 멋진 점심이었다.

점심을 먹고 조금 걸으니 외고산 옹기마을이 나온다. 옹기문화공원은 조성은 잘해 놓았다. 그러나 평일이라 그런지 찾는 손님은 전혀 없는 것 같다. 전 세계에서 옹기를 만드는 곳은 우리나라뿐이라고 한다. 외고산 옹기 마을은 1950년대부터 현재의 옹기를 굽기 시작하였고, 천혜의 옹기 명소로 알려지면서 6~70년대부터는 전국 각지에서 350여 명의 옹기 장인과 도공들이 모여 번성하였다고 한다. 옹기마을을 지나니 옹기 박물관이 나온다. 들어가 보려다가 밖에 있는 옹기만 보고 갔다.

▲ 유유히 진하해변으로 흘러가는 회야강

오늘 거리도 30km를 넘게 걸어야하기에 열심히 걷는다. 온양 읍내에는 들어가지 않고 남창리 고산 천변으로 걸어가니 남창천과 만난다. 제방에는 무슨 공사를 하는지 중장비와 덤프트럭이 뻔질나게 왔다 갔다하고 있다. 열심히 남창천을 따라 걷다 보니 회야강에 다다랐다. 벌써 시간은 2시를 넘어선다. 갈 길이 무척 바쁜데 자전거도로가 계속 이어지니 너무 지겹다. 걷다 쉬기를 반복하니 3시간이 훨씬 지나서야 진하해변에 도착했다.

진하해변은 동해안에서 모세의 기적을 볼 수 있는 곳이다. 길이 1km, 폭은 300m의 해변으로 수심이 얕고, 남해의 특성상 해수가 따뜻하고 파도가 잔잔하여 해수욕장으로 알맞은 조건을 갖추고 있다. 삼면은 소나무 숲으로 둘러싸여 큰 규모임에도 불구하고 한적한 분위기를 자아낸다. 게다가 문수산에서 회야강이 흘러들어오기 때문에 담수욕도 함께 즐길 수 있다고 한다.

해수욕장 근처에는 2개의 해중암으로 이루어진 이덕도와 걸어서 갈 수 있는 명선도가 있다. 특히 명선도에서 바라보는 일출은 아름답기로 유명하다고 한다. 명선도에는 10km 떨어진 곳에 24시간 개방되는 간절곶 등대가 있어 새벽에도 일출을 감상할 수 있다.

진하해변에서는 '갈매기 모텔'에 머물기로 하고 저녁은 성게 비빔밥으로 맛있게 먹었다. 편의점에서 내일 아침으로 삼각 김밥과 우유를 샀다.

[오늘 걸은 코스]

6코스 덕하역에서 태화강 전망대까지 15.7km(선암호수공원, 울산대공원, 고래전망대)

5코스 진하해변에서 덕하역까지 18.0km(온양읍, 옹기문화관, 우진휴게소) 전체 33.7km

DAY 26 일출의 명소 간절곶

2014. 11. 06

날씨가 흐리다가 개다가를 반복한다

6시 15분에 숙소를 출발하여 새벽의 진하해변을 바라보고 종착지인 부산을 향하여 힘차게 걷기 시작한다. 진하해변이 끝나자마자 대바위 공원이 나온다. 아침에 산책하러 온 주민들도 제법 많다. 대바위 공원을 벗어나 31번 국도를 따라 걷는다.

송정마을 들어가기 전 도로변에 예쁜 카페가 눈에 들어온다. 지붕은 파랗고 벽은 새하얀 등대 모양을 한 카페가 그림처럼 자리 잡고 있다. 그리스 산토리니를 연상하게 한다. 그러나 송정마을은 괜히 들어갔다 싶을 정도로 볼 것 없는 평범한 어촌마을이었다. 곧바로 31번 국도를 통해 간절곶으로 빠졌다.

간절곶 관광회센터를 지나니 조각공원이 나타나고 드라마하우스가 보였다. 유럽의 고풍스러운 저택을 본떠서 멋지게 지어진 드라마하우스 앞에는 김상희 씨의 '울산 큰 애기' 노래비도 서 있었다. 저 멀리에는 풍차까지 보였다. 이 자그마한 공원에 웬 풍차가 있나 싶어 놀라던 차에, 자세히 보니 풍차도 카페였다. 간절곶의 푸른 바다와 언덕 위의 풍차가 참으로 조화로운 풍경이었다.

간절곶에는 신라 충신 박제상의 부인과 두 딸이 망부석이 되어 서 있

▲ 간절곶 가는 길에 만난 그리스 산토리니 풍의 예쁜 카페

다. 그 옆에는 엄청나게 큰 소망 우체통이 떡하니 버티고 서서 간절곶 등대를 바라보고 있다. 나도 사연 많은(?) 엽서를 한 장 써서 부쳐봤다. 1년 후에는 받게 될까.

간절곶(艮絶串)은 울산광역시 울주군의 서생면 대송리에 있는 곶이다. 우리나라 육지에서 해가 가장 먼저 뜨는 곳으로 알려져 있다. 매년 새해 해맞이 축제를 개최하는 곳이기도 하다. 간절곶은 먼 바다에서 바라보면 뾰족하고 긴 간짓대(대나무 장대)처럼 보여 유래한 지명이다.

간절곶에서 나사리로 넘어가는 길에는 푸른 바다와 함께 하늘에 양떼 구름이 두둥실 떠다닌다. 멋진 풍경이다. 자연은 인간 그 어느 누구도 따라할 수 없는 예술가 그 자체인 것 같다.

▲ 간절곶의 망부석이 된 박제상의 부인과 두 딸

서생면 소재지인 신암해변에 도착하니 아주 아름다운 바다 풍경이 펼쳐진다. 아름다운 풍경을 지나서 신리마을에 도착하니 더 갈 수가 없다. 고리원자력발전소가 자리 잡고 있어 산길로 우회해야 한다. 이번 도보여행 중 이렇게 원자력발전소를 세 군데나 보고 온 것 같다.

울진 원자력, 경주 월성, 기장 고리 원자력 발전소이다. 연일 원자력발전소의 안전 여부로 논란이 되고 있고 선진국에서는 원자력의 감축을 선언하고 감축하고 있다. 우리나라만 이러한 원자력발전소를 증축하고 있을 뿐만 아니라, 기존 시설의 노후에도 불구하고 수리를 하지 않아 원전 불안은 더욱 커지고 있다. 러시아의 체르노빌, 일본의 후쿠시마 원전 사례를 보고 더더욱 안전에 신경을 써야 할 것으로 보인다. 물론 원전이 없으면 전기가 부족해지고 전기료도 많이 인상될 것이다. 그러나 그렇다고 원전을 그대로 두자니 항상 폭탄을 가슴에 안고 사는 마음이다. 그래도 내 생각에는 안전이 최고인 것 같다.

이런저런 생각을 하면서 걷고 있는데 친구가 전화가 왔다. 임랑에서 만나서 점심을 먹자고 한다. 이 친구가 벌써 3번째 점심을 사려고 한다. 참으로 정이 많은 친구다. 11시 반에 통화하기로 하고 걷는다.

월내마을을 지나 임랑해변에 도착하니 겨우 11시 10분이다. 조금 더 걸어간 후 만나 점심을 먹기로 하고 좀 더 걸었다.

임랑해변을 따라 걸으니 재미있는 벽화가 벽에 그려져 있다. 그런데 군데군데 식당을 선전하는 문구가 있어 참 보기가 좋지 않다. 임랑해변을 지나고 나니 31번 국도를 따라 조금 걷고 있으니 친구로부터 전화가 왔다. 어디냐고 묻는 친구에게 나는 위치를 알려주려 했지만 임랑을 이제 막 지난 일광 방향의 도로변이라는 것만 알 뿐, 도저히 내 위치를 알 수가 없었다. 다행히 근처 도로변에 웬 카페 간판이 겨우 보였다. 이를 보고 하늘타리 카페 간판이 보인다고 했더니 금방 찾아왔다.

친구가 자기가 운영하는 회사가 멀지 않은 곳에 있단다. 친구 차로 회사까지 가서 차 한 잔을 마시고 회사를 구경시켜 준다. 친구가 운영하는 회사는 '삼신어구(三信漁具)'로 물고기를 잡는 그물을 만드는 회사였다. 친구 회사까지는 차로 10여 분이 걸렸다. 회사 인근에 있는 '전주한정식'이라는 식당에서 낙지볶음과 한식으로 든든히 배를 채웠다. 꽤 깔끔하고 좋은 식당이었다. 물론 음식도 맛이 있었다. 친구가 자주 가는 식당인 것 같았다.

▲ 아름다운 어촌 풍경

식사를 마치고 친구네 회사로 돌아왔다. 친구가 직원들에게 강원도 고성 통일전망대에서 걸어서 부산 오륙도까지 가는 내 친구라며 자랑을 많이도 한 모양이다. 괜히 어깨가 으쓱해졌지만, 한편으로는 부끄럽기도 했다.

회사를 둘러보는데 그물눈이 30cm는 족히 되어 보이는 그물을 발견했 발견했다. "저건 무얼 잡는 건데 그물눈이 저렇게 크냐?"라고 물었다. 친구는 나를 보고 웃으면서 "멸치 잡는 그물이다."라고 한다. 나는 기가 찼다. "멸치? 그물눈이 저렇게 커서 멸치 한 마리도 안 걸리겠다."라고 했더니 친구가 하는 말이 멸치는 그물을 몇 개를 쳐서 점점 그물눈이

촘촘한 쪽으로 몰아서 잡는다는 것이다. 물고기는 배 옆에 있는 기관으로 모든 걸 감지하기 때문에 그물을 끌면 직진하는 습관 때문에 몰려서 잡힌다는 얘기다. 새로이 알게 된 사실이 참으로 재미있었다.

요즘 그물은 기계로 안 만드냐고 하니 친구 왈, "그물은 기계로 짜지만 추나 부표는 수작업으로 일일이 달아야 한다."라고 한다. 심지어는 몇십 톤씩 되는 것도 있다고 한다. 우리나라의 어구는 대부분이 전통방식대로 만들어 대충 판매한다고 한다. 친구 말로는 친구네 회사는 설계해서 만들어 판매하는 몇 안 되는 업체 중 하나라고 한다. 참 자기 일에 소신 있어 보이는 친구가 정말로 멋있어 보였다.

친구는 나를 걷고 있는 장소로 데려다주면서 내일까지 같이 있으면 좋을 텐데 제주도에서 2박 3일 워크숍이 있다며 연신 미안하다고 한다. "미안하기는, 내가 더 미안하구먼." 그렇게 친구는 나를 하늘타리 카페 앞에 데려다주고 갔다.

친구가 내려준 곳이 하늘타리 카페의 주차장인 모양이다. 카페 사장님이 자기 주차장에 차를 세우고 등산하는 줄로만 알고 주차하면 안 된다며 손사래를 친다. 주차하는 것이 아니라 친구는 가고 나 혼자 걸어갈 것이라고 했다. 어디로 등산 하냐며 묻던 여자 사장님은 내 얘기를 듣고는 깜짝 놀라며 "대단하시다. 파이팅!!!"이라고 하며 물도 보충시켜 주신다.

칠암항에 도착하니 건어물을 판매하는 모습이 매우 분주하다. 건어물을 사고 싶지만 꾹 참았다. 배낭여행의 단점은 아무리 좋아도 사서 가져갈 수 없다는 것이다. 꼭 사고 싶으면 택배로 부치는 수밖에 없다. 그렇게 31번 국도와 해안을 번갈아 가며 걷고 있다가 부산의 친구에게 연

▲ 물을 보충해주면서 격려해 주었던 하늘타리 카페

락했다. 오늘 저녁 일광에서 자게 되었다고 했더니 친구가 내일은 안 되겠고 오늘 일광에 들러 봐야겠다고 한다. 반가운 일이다.

오늘의 최종 목적지인 일광해변에 3시를 조금 넘어서 도착했다. 일광해변에 있는 '해변 여관'에 여장을 풀었다. 여관으로 간 것은 두 가지 이유가 있다. 첫 번째 이유는 내일 송정까지는 약 20km의 거리로 대체로 짧아서 늦게 출발해도 무관하기 때문이다. 두 번째는 이제까지 입고 다니던 재킷을 세탁하여 온돌방에서 말리기 위하여 보일러 조절이 가능하기 때문이었다. 친구 두 명이 찾아와서 저녁을 셋이서 맛있게 먹고 나오는데 친구들이 마트에서 간식을 바리바리 사서 넣어 준다. 역시나 친구들밖에 없다.

친구들은 모레 최종 목적지인 부산 오륙도에 도착할 때 플래카드를 만들어야 한다며 수선을 떤다. 나는 손사래를 치면서 "필요 없다. 그냥 둬라."라고 했더니 꼭 만들어야 한다며 성화다. 하는 수 없이 그럼 만들려면 나 혼자 들고 찍을 수 있도록 손수건만 하게 만들어 달라고 했더니 알겠다며 돌아갔다.

[오늘 걸은 코스]

4코스 임랑해변에서 진하해변까지 19.7km(고리원자력발전소, 간절곶)

3코스 대변항에서 임랑해변까지 20.2km(기장군청, 죽성리해변, 일광해변) 중 임랑해변에서 일광해변까지 9.4km 포함하여 전체 29.1km

DAY 27 미역의 고장, 기장

2014. 11. 07

날씨는 쾌청함

오늘은 평소보다 1시간가량 늦은 7시 10분경에 숙소를 나섰다.

숙소를 나서서 조금 걸으니 곧바로 도로변으로 안내한다. 기장군청으로 진입하여 봉대산(229m) 산행을 시작한다. 기장군청사가 생각보다 크게 지어져 있다. 주민보다 너무 크지 않나 싶을 정도로 컸다. 산행은 8시에 시작하여 약 1시간 만에 죽성리 두호마을에 도착하였다. 오르막 산길은 정말 좋은 것 같았는데 내리막 산길은 급경사였다.

그렇게 산을 넘어 죽성리에 도착하여 '죽성리 왜성'을 멀리서 보고 '죽성리 해송'을 보러 갔다. '죽성리 왜성'은 임진왜란 때 왜군들이 조선을 공략하기 위하여 축성한 왜성으로 우리의 아픈 민족사를 되새겨보는 계기가 된 것 같다.

기장 죽성리 왜성(機張竹城里倭城)은 부산광역시 기장군 기장읍 죽성리에 있는 조선 시대의 일본식 석성이다. 임진왜란 때 왜군의 장수인 구로다 나가마사(黑田長政)가 축성하였다고 한다. 여수에서 울산에 이르는 동남해안 일대에 성을 쌓고 이곳을 근거지로 삼아 지구전으로 조선을 굴복시키려고 하였다고 한다.

죽성리 왜성은 이때 쌓은 왜성들 가운데 하나이다. 이 성은 울산의 서

▲ 5그루가 한그루로 보이는 죽성리 해송, 중심부에 국사당

생포 왜성(西生浦倭城)과 학성(鶴城), 그리고 부산성을 연결하는 중간 요충지에 자리 잡고 있다.

기장 죽성리 해송(機張竹城里海松)은 동해안 자락의 작은 어촌 마을인 기장읍 죽성리 두호마을 뒷산 언덕배기에 있는 나무이다. 죽성리 해송은 5그루의 나무가 모여 한 그루의 큰 나무처럼 보이는 노거수(老巨樹)로, 가운데에는 서낭당인 국사당이 있다. 수령은 250~300년으로 추정된다. 5그루가 언뜻 보면 1그루로 보일 정도로 붙어 있어 수형이 아름다워 보기가 참 좋았다.

두호마을 앞에 도착하니 바다와 어우러진 교회와 등대가 보여 멋진 풍경을 만들어내고 있었다. 가까이 가서 보니 SBS 월화드라마 '드림'세트장이었다. 이곳이 유명한 죽성리 성당이다. 물론 세트장이긴 하지만, 바

▲ 죽성리의 드라마 '드림' 세트장이 바다와 잘 어울리는 성당

다와 어우러져 멋진 풍광을 만들어낸다. '드림' 세트장을 지나니 바닷가에 '어사암'이라는 바위가 있는데 옛날 어사와 관련된 전설이 있는 바위인 모양이었다.

조선(朝鮮) 고종(高宗) 20년(1883년)에 일광면 해창(海倉)에서 조정으로 대동미(大同米)를 싣고 부창(釜倉, 현재의 부산진)으로 항해하던 대동선이 죽성마을 앞바다에서 전복되어 양곡은 수장되고 선원만 구조되었는데, 이때 수장된 곡식을 건져서 먹었던 백성들이 억울하게 옥살이를 하고 있었다. 이때 암행어사 이도재가 기장현으로 파견되어 돌아보던 중에 어사암(당시는 매바위)에서 기장 현감으로부터 보고를 받아 백성들을 풀어주고 가면서 시 한 수를 남겼다고 한다. 그러나 지금은 시문은 보이지 않고 어사 이도재(李道宰)와 관기(官妓) 월매(月梅)의 이름만 흐릿하게 보인다고 한다.

이어서 도착한 월전마을은 장어가 많이 잡히는 모양이다. 온통 장어구이 집인 데다 활어판매장에도 장어 천국이었다.

다시 대변 숲길을 약 30분 정도 걸어서 대변항에 도착했다. 대변항은 젓갈류와 건어물이 주 종목인 모양이다. 노점상도 몽골식 천막을 분양받아 이를 팔고 있었다. 보기에도 깔끔하고 노점상도 점포를 갖게 되니 일거양득의 효과인 것 같다.

대변항의 아름다운 모습을 카메라에 담고 가슴에도 담았다. 대변항이 끝날 무렵에 잠시 휴식을 취하고 일어서려는데 부산에서 해파랑길을 걸어오는 도보 여행자를 만났다. 서로 반갑게 인사를 나누고 나니 해파랑길을 걷고 있냐고 물어본다.

"네, 저는 고성 통일전망대에서 걸어서 내려오는 중이에요."

"그러시군요, 저는 어제부터 부산 오륙도에서 해파랑길을 시작했는데 어제는 송정에서 자고 3시간 걸려서 겨우 여기 도착했지 뭐예요. 에휴…."

"아니, 3시간이요? 어쩌다가요?"

"사실 배낭이 너무 무거워서 도저히 걷지를 못하겠어요."

그제야 그가 메고 있는 배낭을 보니 아뿔싸, 60ℓ 배낭이 이미 빵빵했다. 안타깝게도 등산화도 2켤레, 전투식량 20일분, 각종 옷가지 등등 도보여행에는 별 도움이 되지 않는 물품만 가득 진 채 사서 고생만 하고 있었던 것이다. 나는 대변항에 가서 필요 없는 짐을 모두 택배로 부치라고 조언했다.

“해파랑길 지도는 가지고 다니세요?”

“아뇨, 그냥 리본만 보면서 걷고 있어요.”

이런! 심지어 지도도 갖추지 않고 계획 없이 걷는다는 것은 아주 무모한 행동이다. 나는 얼른 지도 앱을 내려 받으라고 추천했다. 그나저나 배낭에다 짐을 잔뜩 넣고 다니니, 송정에서 대변항까지 무려 3시간이나 걸릴 수밖에 없었나 보다. 도보여행은 무조건 배낭의 무게를 줄여야 하는 것이 상식인데도 사실 막상 나서려다 보면 이것저것 챙겨서 배낭이 꽉 차는 경우가 많다. 결국, 사용하지도 못할 것을 잔뜩 짊어진 채 고생만 하게 되는 것이다.

어쩌면 인생길도 이와 마찬가지 아닐까. 괜히 이것저것 모두 짊어지고 살다 보면 몸과 마음만 고생하는 것일지도 모른다. 그렇게 생각하니 기분이 새롭다. 지금의 해파랑길 종주도 내 인생의 짐들을 버리는 과정 중 하나이리라. 그렇게 나는 그와 작별을 고하고 길을 서둘러 떠났다.

대변항에서 나와 신암마을을 지나 걸어갔다. 멀리 젖병 모양의 등대가 보이는 것이 연화마을에 도착한 것 같다. 시계를 보니 11시 20분을 가리키고 있다. 점심을 먹자니 이르고 그냥 지나가자니 언제 식당이 나올지 모르는 일이라 일단은 먹고 가기로 했다. 주변 식당을 찾아 둘러보니 눈에 ‘연화정’이라는 어촌밥상으로 식사를 차려 준다는 식당이 보인다. 들어가서 고등어구이를 시켰다. 반찬이 10가지나 나온다. 정말 맛있게 어촌밥상으로 먹고 식당을 나와 해변을 따라 걷고 있었다.

▲ 연화마을의 특이한 젖병 모양의 등대

그때 이번에는 광안리에서 출발하여 오고 있다는 도보 여행자를 만났다. 투덜거리며 걷고 있기에 왜 그러시냐고 물어보니 "혼자서는 밥도 못 먹겠네요." 하는 것이다. 뭔 말인고 하니 오면서 횟집에서 매운탕을 먹으려니 1인분은 안 된다고 했다는 것이다. 화가 많이 난 모양이다. 우리나라 사람들은 혼자서 식사를 잘 하지 않아 웬만한 식당에서는 2인상으로 내어놓을 때가 많다. 그래서 나도 혼자서 먹을 때 난감할 순간이 더러 있었다.

이것도 인연이다 싶어, 나는 이참에 방금 먹고 나온 연화정을 소개시켜 주었다. 그러자 그는 매우 고마워하면서 연화정으로 들어가는 것이었다. 그런 여행자의 모습을 보자, 마치 처음 해파랑길 종주를 시작하던 내 모습 같아 어쩐지 조금은 뿌듯했다.

갈 길이 멀어 다시 걸음을 재촉하여 오랑대공원으로 간다. 안내문도 없고 찾지 못하고 있는데 여기저기 굿당에서 굿하는 소리가 귓전을 때린다. 오랑대공원에는 무속인들이 영험하다고 소문이 났는지 곳곳에서 굿당의 북소리, 꽹과리 소리가 들려온다. 재빨리 오랑대공원을 빠져나와 해동용궁사로 발길을 재촉한다.

해동용궁사로 가는 덱에서 만난 아주머니 4분이 용궁사로 가는 길을 물어온다. 나도 용궁사로 가고 있으니 같이 가면 된다고 하였더니, 배낭이 엄청나게 큰데 어느 산에 다녀오시느냐고 되묻는다. 하하, 아주머니들 눈에는 여느 등산객으로 보이나 보다. 통일전망대에서 걸어오고 있다고 자초지종을 얘기했더니 영 못 믿는 눈치다. 대체 며칠을 걸었는데 이렇게 생생하냐는 것이다. 오늘이 27일째라고 했더니 다들 이구동성으로 고함을 지르면서 나를 따라온다. 몇 발짝 따라오더니 자기들끼리 서 "와! 엄청 빠르네. 저렇게 27일을 걸어왔나 봐."라고 수군거리고는 이내 다시 뒤처졌다. 참 신기했다. 혼자 걸을 때는 내가 빨리 걷는 줄도 몰랐는데. 어느새 이렇게 걷다 보니 어느새 걸음이 능숙해졌나 보다.

국립 수산과학연구원에 도착하여 살펴보니 무료로 입장이다. 수산 관련 자료를 전시하고 있었다. 나는 외관만 둘러보고 서둘러 용궁사로 갔다. 용궁사는 동해와 함께 어우러진 아름다운 사찰 중 하나다. 항상 참배객과 관광객이 끊이지 않는 곳이기도 하다.

해동용궁사(海東龍宮寺)는 부산 기장군(機張郡) 기장읍 시랑리에 있는 사찰이다. 고려 때 공민왕의 왕사였던 나옹선사(懶翁禪師)인 혜근(惠勤, 나옹선사의 법명)이 문사(普門寺)로 창건하였다. 임진왜란 때 소실되었다가 1930년대 통도사의 운강(雲崗)이 중창하였다.

▲ 해동용궁사의 모습

1974년 정암(晸菴)이 부임하여 관음 도량으로 복원할 것을 발원하고 백일기도를 하였는데, 꿈에서 흰옷을 입은 관세음보살이 용을 타고 승천하였다 하여 절 이름을 해동용궁사로 바꾸었다. 대웅전 옆에 있는 굴법당은 미륵전이라고 하여 창건 때부터 미륵좌상 석불을 모시고 있다. 자손이 없는 사람이 기도하면 자손을 얻는다 하여 득남불이라고도 부른다. 절 입구에는 교통안전기원탑과 108계단이 있고, 계단 초입에 달마상이 있는데 코와 배를 만지면 득남한다는 전설이 전한다.

그렇게 용궁사를 지나니 갈맷길(부산은 해파랑길과 갈맷길이 같이 진행된다)이 공사 중이라며 우회하라고 한다. 갈맷길 공사로 길을 못 찾아서 헤매다가 시랑대를 놓치고 말았다. 걷는 길도 공사할 거면 우회하는 길을 안내하고 공사를 했으면 참 좋겠다. 그냥 걷는 길이라고 단순

하게 생각하는 모양이다. 내려오는 내내 공사 중인 곳 중 제대로 우회 도로를 안내한 곳은 하나도 없었으니까.

죽도 공원에 잠시 들러서 돌아보고 곧바로 송정해변으로 접어들었다. 숙소를 잡기 위해 몇몇 곳에 전화하니 금요일 저녁이라 예약이 완료되어 빈방이 없다고 한다. 이런…낭패가 아닐 수 없다. 그러나 다행히 한 곳에서 방이 있다며 1인용의 아주 조그마한 방을 내어 준다. 나에게는 그저 그만이다. 가격도 싸고 방도 작으니 오히려 따뜻하기도 하여 참 좋았다. 이제 내일이면 770km 대장정이 막을 내린다. 그렇게 생각하니 아쉽기도 하고 한편으로는 뿌듯하기도 하다.

[오늘 걸은 코스]

3코스	대변항에서 임랑해변까지 20.2km(기장군청, 죽성리해변, 일광해변) 중 임랑해변에서 일광해변까지 9.4km를 제외한 10.8km 포함
2코스	미포에서 대변항까지 16.5km(달맞이공원, 청사포, 구덕포, 송정해변, 해동용궁사) 중 대변항에서 송정해변까지 9.7km만 포함하여 전체 20.5km

DAY 28 오륙도 해맞이공원

2014. 11. 08

날씨는 쾌청함

오늘로써 해파랑길의 대장정을 마무리하는 날이다.

10월 12일 강원도 원주에서 출발한 지는 28일째, 고성 통일전망대에서 걷기 시작한 지는 정확히 26일째가 되는 날이다.

부산에 있는 친구들이 오늘 마무리한다고 하니 오륙도 해맞이공원에서 기다린다고 한다. 마치고 같이 점심이나 먹자고 하여 조금 일찍 6시 10분경에 숙소를 나섰다.

송정(松亭)해수욕장에 어둠이 내려앉아 아직 여명이 밝지 않은 이른 새벽이다. 새벽에 보는 송정해수욕장도 아름답고 멋져 보인다. 이른 새벽임에도 불구하고 해변에는 스킨스쿠버를 준비하는 사람들이 많다. 날씨도 쌀쌀하여 물도 차가울 텐데 말이다. 온갖 걱정을 혼자서 다 하면서 언젠가 스킨스쿠버를 꼭 해보아야겠다고 생각하며 해운대 달맞이길(혹은 해운대 삼포길이라 부른다)로 접어든다.

달맞이길은 구덕포(九德浦)에서 시작하여 미포(尾浦)까지 가는 길이다. 구덕포를 지나 청사포(靑沙浦)로 걸음을 바삐 옮긴다. 청사포 앞을 달리던 동해남부선 철로는 멈춰선 지 오래다. 대신 사람들의 산책로로 변해 있다. 그 옛날 아름답던 청사포는 온데간데없고 대신 새로운 거리와 건

▲ 구덕포에서 미포까지 이어지는 문탠로드

물들이 대신하고 있다.

청사포마을까지는 가지 못하고 길 위에서 내려다보고 길을 재촉한다. 길을 찾지 못하여 10여 분을 헤매고 나서야 청사포를 뒤로하고 문탠로드로 접어든다. 달빛으로 피부를 태운다는 문탠로드(Moontan Road)다. 사람들이 햇빛으로 피부를 선탠하니 달빛으로는 마음의 피부를 태우는 것일까? 혼자 그렇게 상상하다 보니 어느새 미포 앞에 도착한다.

동해남부선이 폐지되고 산책로로 개방한다는 문구가 적힌 팻말이 보인다. 그 옛날 동해남부선 철길로 낭만을 즐기며 다니던 옛 철길은 이제 사람들의 산책로로 거듭나고 있었다.

미포마을을 지나니 우리나라 최대의 도심 속 해수욕장인 해운대 해수

▲ 도심 속의 최대 해수욕장인 해운대 해수욕장

욕장이 위풍당당하게 버티고 있다. 도심 속의 해수욕장답게 뒤에는 소나무 숲 대신에 빌딩 숲으로 빙 둘러 있었다.

해운대를 벗어나니 '꽃 피는 동백섬에 봄이 왔건만…'으로 시작하는 조용필 씨의 '돌아와요 부산항에'라는 노랫말에 나오는 동백섬이 나를 맞이한다. 동백섬을 들어서자 바닷가에 인어 동상도 보인다. 자세히 보니 왕관도 쓰고 있고 모습도 다른 인어공주 상과는 사뭇 다르다. 가야의 수로왕과 결혼한 인도 공주를 본따 만든 황옥 인어상이었다. 동백섬이 자리한 바다 앞에 애잔하게 서 있는 이 인어상에는 전설이 있다. 먼 옛날 '나란다' 국의 황옥 공주가 해운대의 '무궁' 나라에 시집왔다. 그러나 공주는 고향을 잊지 못했고, 밤이면 달빛의 도움을 받아 황옥에 비친 자신의 고향을 들여다보며 고향에 대한 그리움을 달래곤 했다는 애달픈 이야기다.

동백섬은 최근에 APEC 정상회담을 한 곳으로도 유명하다. 동백섬에 왜 동백꽃이 없지? 하며, 의아해하는 순간, APEC 정상회담을 한 건물을 지나자 동백꽃이 나를 반긴다. 흰색과 붉은색 두 가지 색밖에 없지만 그래도 나는 형형색색이라고 쓰고 싶다.

동백섬은 원래 섬이었으나 퇴적작용 때문에 지금은 육지와 연결된 육계도가 됐다. 길을 따라 바다와 숲이 만드는 절경과 함께 멀리 광안대교, 오륙도, 달맞이 고개 등을 보면서 동시에 섬 곳곳에 있는 최치원 선생의 해운대 석각, 황옥 공주 전설이 깃든 인어상, 누리마루 APEC하우스 등도 함께 볼 수 있다.

동백섬을 지나 한참을 도심의 중앙을 걸어 수영만에 도착하니 바닷가에 분수대와 갖가지 조형물들이 예쁘게 조성되어 있다. 누가 버렸는지 젊은 해녀 조형물 옆에 빈 소주병이 있다. 괜히 "밤새워 마셨어요?"하고 농을 던졌다. 그러자 지나가던 아저씨가 웃으면서 "허허 네 병이나 마셨네?"라고 받아주어 서로 웃음을 터뜨렸다.

이 수변공원은 수영만의 명물이다. 바다에서 거북이가 올라오는 모습도 보일 때도 있고, 또 밤이 되면 인근의 시민들이 몰려나와 별천지가 된다고 한다. 광안대교와 바다의 야경이 도시의 야경과 어우러져서 그야말로 멋진 모습이 연출된다는데. 하지만 그로 인하여 수변공원이 쓰레기 천지가 되는 것 같다. 아름다운 해녀 조형물 옆에 술병이 놓여있는 건 그 때문이 아닌지. 그러자 조금 씁쓸한 마음이 들었다.

수영만을 지나 광안리 해수욕장에 들어서니 할머니들이 어디서 발표회

▲ 소주가 널려 있던 안타까운 해녀 조형물

를 하실 건지 댄스 연습이 한창이다. 정말 아름다운 노년의 모습이 아닐 수가 없다. 나도 저렇게 아름답게 늙어 가야겠다는 생각을 다시 해본다. 그나저나 나이가 들면 늙어가는 것이 아니라 농익어간다는 표현이 맞는 것 같다. 늙어서 추태를 부리는 노인들을 보면 나는 저러지 말아야지, 하고 몇 번을 되뇌곤 한다.

광안리해변에서는 무슨 촬영을 하는지 카메라는 물론 조명까지 동원하고 있었다. 어떤 촬영일지 궁금해 하면서 걷다 보니 어느덧 남천해변공원에 도착한다. 자전거와 사람이 같이 섞여서 다닐 수 있는데다 길 양편에는 벽화까지 그려 넣어 멋을 한층 더 했다. 친구들과 1시경에 오륙

▲해파랑길에서 본 종점, 오륙도 해맞이공원

도 해맞이공원에서 만나기로 하였는데 광안리에서 시간을 많이 소비했다. 친구들의 성화를 생각하면서 빨리 걸어가기 시작한다.

이기대공원에 들어서니 모두 오륙도에서 용호동 방향으로 걷고 있다. 나는 용호동에서 오륙도로 걸으니 완전히 역방향이다. 역방향에 주말이라 방문객이 정말 많다. 사람 숲을 헤치고 앞으로 나아가기가 쉽지가 않다. 동생말을 언제 지났는지도 모르고 치마 바위까지 와버렸다. 치마바위에서 잠시 쉬고 농바위길를 거쳐 오륙도 해맞이공원이 보이는 언덕바지에 올라서니 1시다. 때를 놓칠세라 친구들이 전화가 온다. 멀리 오륙도가 보인다고 했더니 빨리 오란다.

얼른 가보니 친구들이 오륙도가 보이는 멋진 곳에서 커다란 플래카드

▲친구들이 플래카드로 환영해주고 있는 모습

를 펼쳐 들고 서 있다. 부끄럽기도 하고 민망하기도 하다. "너희들 플래카드를 뭐 이렇게 큰 걸로 했냐? 손수건만 한 걸로 하라고 했을 텐데?" 하니, "어차피 하는 건데 큰 걸로 했다."며 씩 웃는다. 참, 누구 친구들인지는 몰라도 대단한 친구들이다.

플래카드를 들고 기념사진을 찍고 있으니 하필, 오늘 '이기대 갈맷길 걷기' 행사가 있었던 모양이다. 그래서 이기대길이 막힌 것 같다. 많은 사람이 운집하여 있다가 나를 보고는 폰카와 디카를 막 눌러댄다. 대부분의 해파랑길 도보 여행자들이 부산에서 출발하여 통일전망대에서 마무리하다 보니 부산에서 마무리하는 모습이 색달랐던 모양이다. 심지어 지나던 한 할머니는 친구에게 내 이름을 물어보기까지 하신다. 왜 그러시냐고 여쭈어보니 일기장에 쓰실 거란다. 정말이지 오늘만큼은 괜히 스타가 된 기분이다.

기념사진을 찍고 친구들이랑 용호동 이기대 입구의 선창횟집에서 맛난 회와 매운탕으로 마침표를 찍고 나왔다. 마산에서는 한 후배가 차를 가지고 왔다며 어디냐 묻더니 직접 맞이하러 왔다. 이게 뭐라고 직접 여기까지 찾아와 축하까지 해주다니. 적어도 인생 헛살지는 않은 듯 싶다.

아무튼, 시작은 꽤 어설펐지만, 마무리는 멋지게 완성된 것 같아 기분이 좋았다. 그렇게 영원히 끝날 것 같지만 않던 내 첫 해파랑길 종주는 마지막 방점을 찍게 되었다.

[오늘 걸은 코스]

2코스 미포에서 대변항까지 16.5km(달맞이공원, 청사포, 구덕포, 송정해변, 해동용궁사) 중 대변항에서 송정해변까지 9.7km를 제외한 6.8km 포함

1코스 오륙도 해맞이공원에서 미포까지 17.7km(동생말, 광안리해변, 민락수변 수변공원, 동백섬, 해운대)까지 전체 27.4km

해파랑길을 마무리하며

저를 아시는 모든 분들께 먼저 감사의 말씀을 드립니다. 여러분들의 물심양면에 걸친 도움으로 대한민국 동해안 종단 걷기 여행 770km를 무사히 마치게 된 것 같습니다.

강원도 고성 통일전망대에서 시작하여 부산의 오륙도까지 770Km, 28일의 발걸음은 배낭을 짊어진 무게만큼이나 쉽지 않은 여행이었습니다. 그러나 돌이켜보니 인생 최대의 결정이었다고 생각합니다.

물론 28일은 걷는다는 것은 나에게는 큰 도전이었습니다. 거세게 부는 비바람이며 거대한 폭풍우를 만났을 때는 지금껏 살아온 날들이 긴 파노라마처럼 스쳐 지나가기도 했습니다. 하지만 그런 힘들었던 과정을 통해 앞으로 맞이할 인생 2막, 남은 내 노후의 삶까지도 사랑할 힘을 얻을 수 있었습니다.

저도 이제부터 해파랑길을 걸어나갔듯이 제 앞길을 묵묵히 걸어나가도록 하겠습니다. 이제부터 인간 최윤봉으로서 진짜 내 인생이 시작되는 것일 테니까요.

그럼 언젠가 다시 만날 날을 기다리며,

안녕. 해파랑길이여!